O Grande Caderno

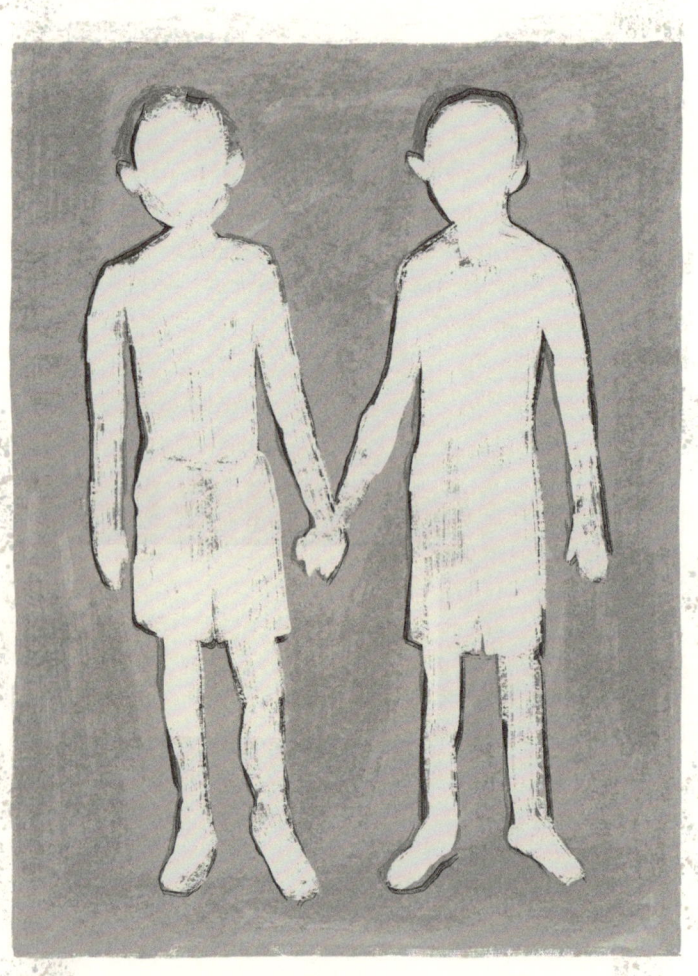

O GRANDE CADERNO

ÁGOTA KRISTÓF

Tradução de Diego Grando

PORTO ALEGRE · SÃO PAULO · 2024

A chegada à casa da Avó

Chegamos da Cidade Grande. Passamos a noite inteira viajando. Nossa Mãe está com os olhos vermelhos. Ela carrega uma caixa grande de papelão, e cada um de nós dois, uma mala pequena com as nossas roupas, mais o grande dicionário do nosso Pai, que passamos um para o outro quando sentimos os braços cansados.

Caminhamos durante muito tempo. A casa da Avó fica longe da estação ferroviária, do outro lado da Cidade Pequena. Aqui, não há bondes, nem ônibus, nem carros. Tem só alguns caminhões militares circulando.

Os passantes são pouco numerosos, a cidade é silenciosa. Dá para ouvir o barulho dos nossos passos. Nós caminhamos sem falar, nossa Mãe no meio, entre nós dois.

Diante do portão do jardim da Avó, nossa Mãe diz:

— Me esperem aqui.

Nós esperamos um pouco, depois entramos no jardim, contornamos a casa, nos agachamos sob uma janela, de onde saem vozes. A voz da nossa Mãe:

— Não tem mais nada para comer em casa, nem pão, nem carne, nem legumes, nem leite. Nada. Não tenho mais como alimentá-los.

Uma outra voz diz:

— E aí você lembrou de mim. Por dez anos, nunca tinha lembrado. Não veio, não escreveu.

Nossa Mãe diz:

— A senhora sabe muito bem por quê. Eu amava o meu pai.

A outra voz diz:

— Sim, e agora você se recorda que tem uma mãe também. Aí você chega e vem me pedir ajuda.

Nossa Mãe diz:

— Não estou pedindo nada para mim. Eu só quero que os meus filhos sobrevivam a essa guerra. A Cidade Grande está sendo bombardeada noite e dia, já não tem mais comida. As crianças estão sendo evacuadas para o interior, para a casa de parentes ou de estranhos, para qualquer lugar.

A outra voz diz:

— Então era só ter deixado eles irem para a casa de estranhos, para qualquer lugar.

Nossa Mãe diz:

— Eles são seus netos.

— Meus netos? Eu nem conheço eles. Quantos são?

— Dois. Dois meninos. Gêmeos.

A outra voz pergunta:

— E o que você fez com os outros?

Nossa Mãe pergunta:

— Quais outros?

— As cadelas parem quatro ou cinco filhotes de uma vez. Ficam com um ou dois, os outros elas afogam.

A outra voz ri bem alto. Nossa Mãe não diz nada, e a outra voz pergunta:

— Eles têm um pai pelo menos? Você não é casada até onde eu sei. Eu não fui convidada para o casamento.

— Eu sou casada. O pai deles está no front. Não recebo notícias dele faz seis meses.

— Pois então pode esquecer.

A outra voz ri de novo, nossa Mãe chora. Nós voltamos para diante do portão do jardim.

Nossa Mãe sai da casa junto com uma mulher velha.

Nossa Mãe nos diz:

— Essa aqui é a Avó de vocês. Vocês vão ficar aqui com ela por um tempo, até o fim da guerra.

Nossa Avó diz:

— Pode ser que dure bastante. Mas eu vou botar os dois para trabalhar, nem precisa se preocupar. A comida também não é de graça aqui.

Nossa Mãe diz:

— Eu vou mandar dinheiro. As roupas deles estão nas malas. E na caixa tem lençóis e cobertores. Se comportem, meus pequenos. Eu vou escrever para vocês.

Ela nos beija e vai embora, chorando.

A Avó ri bem alto e nos diz:

— Lençóis, cobertores! Camisas brancas e sapatos de verniz! Eu vou ensinar para vocês como é que se vive!

Nós mostramos a língua para nossa Avó. Ela ri ainda mais alto, batendo as mãos nas coxas.

A casa da Avó

A casa da Avó fica a cinco minutos de caminhada das últimas casas da Cidade Pequena. Depois só o que há é a estrada poeirenta, cortada logo em seguida por uma cerca. É proibido ir além dela, um soldado fica de guarda ali. Ele tem uma submetralhadora, binóculos e, quando chove, vai se abrigar numa guarita. Nós sabemos que, para lá da cerca, escondida pelas árvores, há uma base militar secreta e, atrás da base, a fronteira e um outro país.

A casa da Avó é circundada por um jardim, mais ao fundo corre um riacho, depois é a floresta.

Tem tudo quanto é tipo de legumes e de árvores frutíferas no jardim. Num canto há uma coelheira, um galinheiro, uma pocilga e uma casinha para as cabras. Nós tentamos subir nas costas do porco maior, mas não tem como se manter em cima dele.

Os legumes, as frutas, os coelhos, os patos, os frangos são vendidos na feira pela Avó, assim como os ovos das galinhas e das patas e os queijos de cabra. Os porcos são vendidos para o açougueiro, que paga com dinheiro, mas também com presuntos e salames defumados.

Tem também um cachorro para afastar os ladrões e um gato para afastar os ratos e as ratazanas. Não se deve dar comida para ele, de modo que esteja sempre com fome.

A Avó possui também uma vinha do outro lado da estrada.

Entra-se na casa pela cozinha, que é grande e quente. O fogo fica aceso o dia inteiro no fogão a lenha. Perto da janela, tem uma mesa enorme e um banco de canto. É em cima desse banco que nós dormimos.

Da cozinha, uma porta dá para o quarto da Avó, mas ela fica sempre fechada à chave. Só a Avó entra ali, à noite, para dormir.

Tem ainda um outro quarto, no qual se pode entrar direto do jardim, sem passar pela cozinha. Esse quarto está ocupado por um oficial estrangeiro. A porta também fica fechada à chave.

Embaixo da casa tem um porão cheio de coisas para comer e embaixo do telhado, um sótão, onde a Avó não sobe mais desde que nós serramos a escada e ela se machucou ao cair. A entrada do sótão é exatamente em cima da porta do quarto do oficial e nós subimos até ele com o auxílio de uma corda. É ali em cima que guardamos o caderno de redação, o dicionário do nosso Pai e os outros objetos que somos obrigados a esconder.

Em pouco tempo fabricamos uma chave que abre todas as portas e fazemos uns buracos no assoalho do sótão. Graças à chave nós podemos circular livremente pela casa quando não tem ninguém, e graças aos buracos podemos observar a Avó e o oficial nos seus quartos sem que eles suspeitem.

A Avó

Nossa Avó é a mãe da nossa Mãe. Antes de virmos morar na casa dela, não sabíamos que nossa Mãe ainda tinha uma mãe.

Nós a chamamos de Avó.

As pessoas a chamam de Bruxa.

Ela nos chama de *filhos de uma cadela*.

A Avó é baixa e magra. Ela usa um lenço preto na cabeça. Suas roupas são cinza-escuro. Ela calça sapatos militares velhos. Quando o tempo está bom, ela anda descalça. O rosto dela é coberto de rugas, de manchas escuras e de verrugas nas quais crescem pelos. Ela já não tem dentes, ao menos que dê para ver.

A Avó nunca se lava. Ela limpa a boca com o canto do lenço quando termina de comer ou de beber. Ela não usa roupa íntima. Quando precisa urinar, ela para onde está, afasta as pernas e mija no chão, com saia e tudo. Obviamente, ela não faz isso dentro de casa.

A Avó nunca tira a roupa. Nós espiamos o quarto dela à noite. Ela tira uma saia, tem outra saia embaixo. Ela tira a blusa, tem outra blusa embaixo. Ela se deita assim. Ela não tira o lenço.

A Avó fala pouco. Exceto à noite. À noite ela pega uma garrafa em uma prateleira e bebe direto no gargalo. Em seguida começa a falar uma língua que não conhecemos. Não é a língua que os militares estrangeiros falam, é uma língua totalmente diferente.

Nessa língua desconhecida, a Avó faz perguntas para si mesma e responde. Às vezes ri, ou então fica furiosa e grita. No fim, quase sempre ela começa a chorar, vai para o quarto cambaleando, cai na cama, e nós ouvimos ela soluçar longamente durante a noite.

Os trabalhos

Nós somos obrigados a fazer alguns trabalhos para a Avó, senão ela não nos dá nada para comer e nos faz passar a noite lá fora.

No início nos recusamos a obedecer. Nós dormimos no jardim e comemos frutas e legumes crus.

De manhã, antes do sol nascer, vemos a Avó sair da casa. Ela não fala conosco. Ela alimenta os animais, ordenha as cabras e depois as leva até a beira do riacho, onde as deixa amarradas numa árvore. Em seguida rega o jardim e colhe legumes e frutas, que ela coloca num carrinho de mão. Ela também leva uma cesta cheia de ovos, uma pequena gaiola com um coelho e um pato ou uma galinha com os pés amarrados.

Ela ruma para a feira, empurrando o carrinho de mão preso a ela com uma cinta passada em volta de seu pescoço magro, o que faz com que ande de cabeça baixa. Ela cambaleia com o peso. As pedras no caminho e os solavancos fazem ela perder o equilíbrio, mas ela caminha, os pés para dentro como uma pata. Caminha em direção à cidade, até a feira, sem parar, sem largar o carrinho uma única vez.

De volta da feira ela prepara uma sopa com os legumes que não vendeu e faz geleias com as frutas. Come, vai fazer a sesta na sua vinha, dorme por uma hora, depois se ocupa da vinha ou, se não tem nada para fazer, volta para casa, corta lenha, alimenta de novo os animais, busca as cabras e as ordenha, vai até a floresta, volta com cogumelos e lenha seca, faz queijos, seca cogumelos e feijão, prepara conservas de legumes, rega de novo o jardim, arruma coisas no porão e assim por diante até o cair da noite.

Na sexta manhã, quando ela sai da casa, nós já regamos o jardim. Pegamos das mãos dela os baldes pesados com a comida dos porcos, conduzimos as cabras até a beira do riacho, ajudamos a carregar o carrinho de mão. Quando ela volta da feira, nós estamos serrando madeira.

Durante a refeição a Avó diz:

— Vocês entenderam. Tem que fazer por merecer o teto e a comida.

Nós dizemos:

— Não é isso. O trabalho é sofrido, mas olhar alguém que está trabalhando e não fazer nada é ainda mais sofrido, principalmente se é alguém velho.

A Avó retruca:

— Filhos de uma cadela! Vocês estão querendo dizer que ficaram com pena de mim?

— Não, Avó. Nós só ficamos com vergonha de nós mesmos.

À tarde vamos buscar lenha na floresta.

Daí em diante fazemos todo trabalho que somos capazes de fazer.

A floresta e o riacho

A floresta é muito grande, o riacho é bem pequeno. Para ir até a floresta é preciso atravessar o riacho. Quando tem pouca água, nós conseguimos atravessar pulando de uma pedra para outra. Mas às vezes, depois de muita chuva, a água bate na nossa cintura e essa água é fria e lamacenta. Decidimos construir uma ponte com os tijolos e as tábuas que encontramos perto das casas destruídas pelos bombardeios.

Nossa ponte é firme. Mostramos para a Avó. Ela testa a ponte, ela diz:

— Muito bem. Mas não vão muito longe na floresta. A fronteira é aqui perto, os militares vão atirar em vocês. E o mais importante, não se percam. Eu não vou sair atrás de vocês.

Quando estávamos construindo a ponte, vimos peixes. Eles ficam escondidos embaixo das pedras grandes ou na sombra dos arbustos e das árvores, cujos galhos se tocam em alguns pontos acima do riacho. Nós escolhemos os peixes maiores, pegamos e colocamos dentro do regador cheio d'água. À noite, quando chegamos com eles em casa, a Avó diz:

— Filhos de uma cadela! Como é que vocês pegaram?
— Com as mãos. É fácil. É só ficar parado e esperar.
— Então podem pegar muitos. O máximo que vocês conseguirem.

No dia seguinte, a Avó coloca o regador no carrinho de mão e vende os nossos peixes na feira.

Nós vamos com frequência até a floresta, nós nunca nos perdemos, nós sabemos para que lado fica a fronteira. Em pouco tempo os sentinelas já nos conhecem. Eles nunca atiram em nós. A Avó nos ensina a distinguir os cogumelos comestíveis dos venenosos.

Da floresta nós trazemos feixes de lenha nas costas, cogumelos e castanhas em cestas. Empilhamos a lenha ordenadamente juntos às paredes da casa, embaixo do beiral, e tostamos as castanhas em cima do fogão, se a Avó não está.

Certa vez, bem longe na floresta, à beira de um buraco enorme feito por uma bomba, encontramos um soldado morto. Ele ainda está inteiro, só os olhos faltando por causa dos corvos. Pegamos seu fuzil, seus cartuchos, suas granadas. O fuzil vai escondido num feixe de lenha; os cartuchos e as granadas, nas nossas cestas, sob os cogumelos.

Quando chegamos na casa da Avó, guardamos cuidadosamente esses objetos em sacos de batata cheios de palha e enterramos tudo embaixo de um banco em frente à janela do oficial.

A sujeira

Na nossa casa na Cidade Grande, a Mãe nos lavava com frequência. No chuveiro ou na banheira. Ela nos vestia com roupas limpas, cortava as nossas unhas. Para cortar o cabelo, ela nos levava no cabeleireiro. Nós escovávamos os dentes depois de cada refeição. Na casa da Avó, não tem como se lavar. Não tem banheiro, não tem nem mesmo água corrente. É preciso bombear água do poço que tem no pátio e carregar em um balde. Não tem sabonete na casa, nem pasta de dente, nem sabão para lavar as roupas.

Está tudo sujo na cozinha. O piso de azulejos vermelhos e irregulares gruda na sola dos pés, a mesa grande gruda nas mãos e nos cotovelos. O fogão está completamente preto de gordura, as paredes em volta também, por causa da fuligem. Mesmo que a Avó lave a louça, os pratos, as colheres, as facas nunca estão completamente limpos e as panelas estão cobertas com uma camada espessa de sebo. Os panos de prato estão encardidos e cheiram mal.

No início não sentimos nem vontade de comer, principalmente quando vemos como a Avó prepara as refeições, sem lavar as mãos e limpando o nariz na manga. Depois de um tempo, não damos mais bola para isso.

Quando faz calor, vamos tomar banho no riacho, lavamos o rosto e os dentes no poço. Quando faz frio, não tem como se lavar por inteiro. Não existe nenhum recipiente grande o suficiente na casa. Nossos lençóis, nossos cobertores, nossas toalhas de banho sumiram. Nós nunca mais vimos a caixa de papelão na qual nossa Mãe trouxe essas coisas.

A Avó vendeu tudo.

Nós vamos ficando cada vez mais sujos, nossas roupas também. Pegamos roupas limpas nas nossas malas embaixo do banco, mas em seguida já não tem mais roupas limpas. As que usamos se rasgam, nossos sapatos ficam gastos, se enchem de furos. Sempre que dá, andamos descalços e ficamos só de cueca ou de ceroula. As solas dos nossos pés endurecem, não sentimos mais os espinhos nem as pedras. Nossa pele escurece, nossas pernas e nossos braços se cobrem de arranhões, cortes, crostas, picadas de insetos. Nossas unhas, nunca cortadas, se quebram, nosso cabelo, quase branco por causa do sol, chega na altura dos ombros.

A latrina fica no fundo do jardim. Nunca tem papel. Nós nos limpamos com as folhas grandes de determinadas plantas.

Nós temos um odor que é uma mistura de estrume, peixe, grama, fungo, fumaça, leite, queijo, lama, lodo, terra, suor, urina, mofo.

Nós cheiramos mal como a Avó.

Exercício de endurecimento do corpo

A Avó com frequência nos bate, com suas mãos ossudas, com uma vassoura ou um pano de prato molhado. Ela nos puxa pelas orelhas, ela nos agarra pelo cabelo.

Outras pessoas também nos dão tapas e nos chutam, não sabemos nem mesmo por quê.

Essas pancadas machucam, nos fazem chorar.

As quedas, os arranhões, os cortes, o trabalho, o frio e o calor também provocam sofrimento.

Decidimos endurecer nosso corpo para poder suportar a dor sem chorar.

Começamos dando tapas um no outro, depois vamos para os socos. Ao ver nosso rosto intumescido, a Avó pergunta:

— Quem fez isso em vocês?

— A gente mesmo, Avó.

— Vocês brigaram? Por quê?

— Por nada, Avó. Não precisa se preocupar, é só um exercício.

— Exercício? Vocês são completamente doidos! Mas se vocês se divertem com isso...

Nós estamos nus. Batemos um no outro com um cinto. A cada golpe dizemos:

— Não doeu.

Batemos mais forte, cada vez mais forte.

Passamos a mão sobre uma chama. Fazemos cortes na coxa, no braço, no peito com uma faca e jogamos álcool nos ferimentos. A cada vez dizemos:

— Não doeu.

Passado algum tempo, nós realmente não sentimos mais nada. É uma outra pessoa que está com dor, é uma outra pessoa que se queima, que se corta, que sofre.

Não choramos mais.

Quando a Avó fica furiosa e grita, dizemos para ela:
— Pare de gritar, Avó. Bata na gente em vez disso.

Quando ela nos bate, nós dizemos para ela:
— De novo, Avó! Olha, nós damos a outra face, como está escrito na Bíblia. Bata na outra face também, Avó.

Ela responde:
— Vão para o diabo que os carregue junto com a Bíblia e com as faces de vocês!

O ordenança

Estamos deitados no banco de canto da cozinha. Nossas cabeças se tocam. Ainda não estamos dormindo, mas estamos de olhos fechados. Alguém empurra a porta. Nós abrimos os olhos. A luz de uma lanterna nos cega. Nós perguntamos:
— Quem está aí?
— Não ter medo. Vocês não ter medo. Dois vocês ou eu beber demais?

Ele ri, acende o lampião a querosene sobre a mesa e apaga a lanterna. Conseguimos vê-lo bem agora. É um militar estrangeiro, sem patente. Ele diz:
— Eu ser ordenança do capitão. Vocês fazer o que aqui?

Nós dizemos:
— A gente mora aqui. É a casa da nossa Avó.
— Vocês netos de Bruxa? Nunca ver vocês antes. Quanto tempo vocês estar aqui?
— Duas semanas.
— Ah! Eu ir de licença para casa, no meu vilarejo. Aproveitar bastante.

Nós perguntamos:
— Como o senhor sabe a nossa língua?
Ele diz:
— Minha mãe nascer aqui, país de vocês. Ir trabalhar na nossa terra, garçonete em taberna. Conhecer meu

pai, casar com ele. Quando eu ser pequeno, minha mãe falar comigo em língua de vocês. País de vocês e meu país, países amigos. Combater o inimigo juntos. Vocês dois vir de onde?

— Da Cidade Grande.

— Cidade Grande, bastante perigo. Bum! Bum!

— Sim, e mais nada para comer.

— Aqui bom para comer. Maçã, porco, frango, tudo. Vocês ficar bastante tempo? Ou férias só?

— Nós vamos ficar aqui até o fim da guerra.

— Guerra logo terminar. Vocês dormir aí? Banco só, duro, frio. Bruxa não querer vocês no quarto?

— A gente não quer dormir no quarto dela. Ela ronca e cheira mal. A gente tinha cobertores e lençóis, mas ela vendeu tudo.

O ordenança pega água quente no caldeirão em cima do fogão e diz:

— Eu dever limpar quarto. Capitão também voltar licença de noite ou amanhã de manhã.

Ele sai. Alguns minutos mais tarde, volta com dois cobertores militares cinzentos para nós.

— Não vender isso, velha Bruxa. Se ela muito malvada, vocês contar para mim. Eu, pum, pum, matar.

Ele ri de novo. Ele nos cobre, apaga o lampião e vai embora.

Durante o dia nós escondemos os cobertores no sótão.

Exercício de endurecimento do espírito

A Avó nos diz:
— Filhos de uma cadela!
As pessoas nos dizem:
— Filhos da Bruxa! Filhos da puta!
Outras dizem:
— Imbecis! Moleques! Fedelhos! Burros! Relaxados! Porcalhões! Gentalha! Asquerosos! Pirralhos de merda! Bandidos! Projetos de assassinos!

Quando ouvimos essas palavras, nosso rosto fica corado, nossos ouvidos zumbem, nossos olhos coçam, nossos joelhos tremem.

Não queremos mais corar nem tremer, nós queremos nos acostumar com as injúrias, com as palavras que ferem.

Sentamos um de frente para o outro junto à mesa da cozinha e, olhos nos olhos, dizemos palavras cada vez mais terríveis.

Um:
— Seu bosta! Cuzão!
O outro:
— Pau no cu! Traste!

Continuamos assim até que as palavras não entrem mais no nosso cérebro, não entrem mais nem nos nossos ouvidos.

Nós nos exercitamos desse jeito por mais ou menos meia hora todo dia, depois vamos dar um passeio pelas ruas.

Damos um jeito para que as pessoas nos insultem e constatamos que finalmente conseguimos ficar indiferentes.

Mas tem também as palavras antigas.

Nossa Mãe nos dizia:

— Meus queridos! Meus amores! Minha alegria de viver! Meus bebezinhos amados!

Quando lembramos dessas palavras, nossos olhos se enchem de lágrimas.

Precisamos esquecer essas palavras, porque atualmente ninguém nos diz palavras assim e porque a lembrança que temos delas é um fardo pesado demais para carregar.

Então recomeçamos nosso exercício de outro jeito.

Nós dizemos:

— Meus queridos! Meus amores! Eu amo vocês... Eu nunca vou deixar vocês... Eu não vou amar ninguém além de vocês... Para sempre... Vocês são a minha vida inteira...

De tanto serem repetidas, as palavras vão gradualmente perdendo o significado, e a dor que elas carregam se atenua.

A escola

Isso aconteceu há três anos.

É noite. Nossos pais acham que estamos dormindo. No outro quarto eles conversam sobre nós.

Nossa Mãe diz:

— Eles não vão aguentar ficar separados.

Nosso Pai diz:

— Eles só vão ficar separados durante as horas de aula.

Nossa Mãe diz:

— Eles não vão aguentar.

— Mas vai ter que ser assim. É importante para eles. Todo mundo diz isso. Os professores, os psicólogos. Vai ser difícil no início, mas eles vão se acostumar.

Nossa Mãe diz:

— Não vão nunca. Eu sei disso. Eu conheço eles. Eles são uma única e mesma pessoa.

Nosso Pai levanta a voz:

— Exatamente, e isso não é normal. Eles pensam juntos, eles agem juntos. Eles vivem num mundo à parte, num mundo só deles. Não tem como isso ser saudável. É preocupante, aliás. Sim, eles me preocupam. Eles são estranhos. Nunca dá para saber o que eles podem estar pensando. Eles são avançados demais para a idade que têm. Eles sabem coisas demais.

Nossa Mãe ri:

— Não vai criticar a inteligência deles, vai?
— Não tem graça nenhuma. Por que você está rindo?
Nossa Mãe responde:
— Gêmeos sempre trazem algum problema. Não é nenhum drama. Vai ficar tudo bem.
Nosso Pai diz:
— Sim, pode ficar tudo bem se eles se separarem. Cada indivíduo tem que ter a própria vida.

Alguns dias depois, começamos a escola. Cada um numa turma diferente. Nós sentamos na primeira fila.

Estamos separados um do outro por toda a extensão do prédio. Essa distância entre nós nos parece monstruosa, a dor que sentimos é insuportável. É como se tivessem arrancado metade do nosso corpo. Não temos mais equilíbrio, sentimos vertigem, caímos, perdemos os sentidos.

Acordamos na ambulância que está nos levando para o hospital.

Nossa Mãe vem nos buscar. Ela sorri, ela diz:
— Amanhã vocês já vão estar na mesma turma.
Em casa nosso Pai nos diz apenas:
— Seus fingidos!
Um tempo depois, ele parte para o front. Ele é jornalista, correspondente de guerra.

Nós vamos para a escola por dois anos e meio. Os professores também partem para o front; eles são substituídos por professoras. Mais tarde a escola fecha porque há muitos alertas e bombardeios.

Nós sabemos ler, escrever, fazer contas.

Na casa da Avó decidimos dar continuidade aos nossos estudos sem professores, sozinhos.

A compra do papel, do caderno e dos lápis

Na casa da Avó não tem papel nem lápis. Nós vamos atrás dessas coisas na loja que se chama Livraria-Papelaria. Pegamos um pacote de papel quadriculado, dois lápis e um caderno grande e grosso. Colocamos tudo em cima do balcão, diante do homem grandalhão que está do outro lado. Dizemos para ele:

— Nós precisamos dessas coisas, mas não temos dinheiro.

O livreiro diz:

— Como é que é? Mas... Tem que pagar.

Nós repetimos:

— Nós não temos dinheiro, mas estamos realmente precisando dessas coisas.

O livreiro diz:

— A escola está fechada. Ninguém está precisando de cadernos nem de lápis.

Nós dizemos:

— Nós temos escola na nossa casa. Sozinhos, por nossa conta.

— Peçam dinheiro para os pais de vocês.

— O nosso Pai está no front e a nossa Mãe ficou na Cidade Grande. Nós moramos na casa da nossa Avó, ela também não tem dinheiro.

O livreiro diz:

— Sem dinheiro vocês não vão ter como comprar nada.

Não dizemos mais nada, só ficamos olhando para ele. Ele também fica olhando para nós. Sua testa está molhada de suor. Passado algum tempo, ele grita:

— Não fiquem me olhando desse jeito! Vão embora daqui!

Nós dizemos:

— Nós nos dispomos a efetuar alguns trabalhos para o senhor em troca dessas coisas. Regar o seu jardim, por exemplo, arrancar as ervas daninhas, carregar pacotes...

Ele grita de novo:

— Eu não tenho jardim! Eu não preciso de vocês! Além disso, vocês não sabem falar normalmente?

— Nós falamos normalmente.

— Desde quando é normal dizer, na idade de vocês, *nós nos dispomos a efetuar*?

— Nós falamos corretamente.

— Sim, corretamente demais. Eu não gosto nem um pouco do jeito que vocês falam! Muito menos do jeito que vocês me olham! Vão embora daqui!

Nós perguntamos:

— O senhor por acaso possui galinhas?

Ele esfrega um lenço branco no seu rosto branco. Pergunta sem gritar:

— Galinhas? Por que galinhas?

— Porque, se o senhor não tiver, nós podemos dispor de uma certa quantidade de ovos e trazer para o senhor em troca dessas coisas, que são indispensáveis para nós.

O livreiro fica olhando para nós, ele não diz nada.
Nós dizemos:
— O preço dos ovos está aumentando diariamente. Por outro lado, o preço do papel e dos lápis...
Ele atira nosso papel, nossos lápis, nosso caderno na direção da porta e berra:
— Fora daqui! Eu não preciso dos ovos de vocês! Peguem isso daí e não voltem nunca mais!
Nós recolhemos as coisas com cuidado e dizemos:
— Mas, ainda assim, nós seremos obrigados a voltar quando não tivermos mais papel ou quando os lápis estiverem gastos.

Nossos estudos

Para os estudos, temos o dicionário do nosso Pai e a Bíblia que encontramos aqui na casa da Avó, no sótão.

Temos aulas de ortografia, de redação, de leitura, de cálculo mental e de matemática, além de exercícios de memória.

Usamos o dicionário para a ortografia, para obter explicações e também para aprender palavras novas, sinônimos, antônimos.

A Bíblia serve para a leitura em voz alta, para os ditados e para os exercícios de memória. Nós sabemos de cor páginas inteiras da Bíblia.

Assim funciona uma aula de redação:

Nós estamos sentados à mesa da cozinha com as nossas folhas quadriculadas, nossos lápis e o Grande Caderno. Estamos sozinhos.

Um de nós diz:

— O título da sua redação é: *A chegada à casa da Avó*.

O outro diz:

— O título da sua redação é: *Nossos trabalhos*.

Começamos a escrever. Temos duas horas para tratar do tema e duas folhas de papel à nossa disposição.

Passadas duas horas, nós trocamos nossas folhas, cada um de nós corrige os erros de ortografia do outro com o auxílio do dicionário e no final da página escreve: *bom* ou *fraco*. Se for *fraco*, jogamos a redação no fogo e tentamos tratar do mesmo tema na aula seguinte. Se for *bom*, podemos transcrever a redação no Grande Caderno.

Para decidir se é *bom* ou *fraco*, temos uma regra muito simples: a redação deve ser verdadeira. Temos que descrever aquilo que é, aquilo que nós vemos, aquilo que nós ouvimos, aquilo que nós fazemos.

Por exemplo: é proibido escrever *A Avó parece uma bruxa*, mas é permitido escrever *As pessoas chamam a Avó de Bruxa*.

É proibido escrever *A Cidade Pequena é bonita*, já que a Cidade Pequena pode ser bonita para nós e feia para outra pessoa.

Da mesma forma, se escrevermos *O ordenança é legal*, isso não é uma verdade, porque o ordenança talvez seja capaz de maldades que nós desconhecemos. Então escreveremos simplesmente *O ordenança nos dá cobertores*.

Escreveremos *Nós comemos muitas nozes* e não *Nós gostamos de nozes*, porque a palavra *gostar* não é uma palavra segura, faltam a ela precisão e objetividade. *Gostar de nozes* e *gostar da nossa Mãe* não podem querer dizer a mesma coisa. A primeira frase designa um sabor agradável na boca, e a segunda, um sentimento.

As palavras que definem os sentimentos são muito vagas; é melhor evitar seu uso e se ater à descrição dos objetos, dos seres humanos e de si mesmo, ou seja, à descrição fiel dos fatos.

Nossa vizinha e sua filha

Nossa vizinha é uma mulher mais nova que a Avó. Ela mora com a filha dela na última casa da Cidade Pequena. É um casebre completamente decadente, com o telhado cheio de buracos em diversos lugares. Em volta tem um jardim, mas ele não é cultivado como o jardim da Avó. A única coisa que cresce ali são ervas daninhas.

A vizinha passa o dia inteiro sentada num banquinho no jardim, olhando para a frente, para sabe-se lá o quê. À noite, ou quando chove, a filha dela a pega pelo braço e a leva para dentro da casa. Às vezes a filha esquece ou não está por lá, então a mãe fica na rua a noite toda, qualquer que seja o tempo.

As pessoas dizem que nossa vizinha é louca, que ela perdeu o juízo quando o homem que fez a filha nela a abandonou.

A Avó diz que a vizinha é simplesmente preguiçosa e prefere viver na pobreza em vez de colocar a mão na massa.

A filha da vizinha não é maior do que nós, mas é um pouco mais velha. Durante o dia ela fica mendigando na cidade, na frente das tabernas, nas esquinas. Na feira ela recolhe os legumes e as frutas podres que as pessoas jogam fora e leva para casa. Ela também rouba tudo o que consegue roubar. Nós tivemos que expulsá-la diversas vezes do nosso jardim, ela estava sempre tentando pegar frutas e ovos.

Certa vez nós a flagramos bebendo leite direto da teta de uma das nossas cabras.

Quando nos vê, ela levanta, limpa a boca com o dorso da mão, recua e diz:

— Não me machuquem!

Ela continua:

— Eu corro bem rápido. Vocês não vão conseguir me alcançar.

Nós ficamos olhando para ela. É a primeira vez que a vemos de perto. Ela tem lábio leporino, é vesga, tem ranho no nariz e, nos cantos dos seus olhos vermelhos, umas sujeiras amarelas. As pernas e os braços dela estão cobertos de pústulas.

Ela diz:

— Todo mundo me chama de Lábio Leporino. Eu gosto de leite.

Ela sorri. Os dentes dela são pretos.

— Eu gosto de leite, mas o que eu gosto mesmo é de chupar a teta. É gostoso. É duro e macio ao mesmo tempo.

Nós não respondemos. Ela chega mais perto.

— Eu também gosto de chupar outra coisa.

Ela aproxima sua mão, nós recuamos. Ela diz:

— Vocês não querem? Vocês não querem brincar comigo? Eu ia gostar tanto. Vocês são tão bonitos.

Ela abaixa a cabeça e diz:

— Vocês têm nojo de mim.

Nós dizemos:

— Não, nós não temos nojo de você.

— Estou vendo. Vocês são muito novinhos, muito tímidos. Mas comigo vocês não precisam ficar acanhados. Eu posso ensinar umas brincadeiras bem divertidas para vocês.

Nós dizemos para ela:

— Nós nunca brincamos.

— E vocês ficam o dia inteiro fazendo o que então?

— Trabalhando, estudando.

— Eu mendigo, roubo e brinco.

— Você também cuida da sua mãe. Você é uma boa garota.

Ela diz, chegando mais perto:

— Vocês me acham boa? Mesmo?

— Sim. E se estiver precisando de alguma coisa para a sua mãe ou para você, é só pedir para nós. Nós podemos te dar frutas, legumes, peixes, leite.

Ela começa a gritar:

— Eu não quero as frutas de vocês, os peixes de vocês, o leite de vocês! Tudo isso eu posso roubar. O que eu quero é que vocês gostem de mim. Ninguém gosta de mim. Nem a minha mãe. Mas eu também não gosto de ninguém. Nem da minha mãe, nem de vocês! Eu odeio vocês!

Exercício de mendicância

Vestimos roupas sujas e rasgadas, tiramos os calçados, sujamos o rosto e as mãos. Vamos para a rua. Paramos, esperamos.

Quando um oficial estrangeiro passa na nossa frente, nós levantamos o braço direito para cumprimentar e estendemos a mão esquerda. Na maior parte das vezes, o oficial passa sem nem parar, sem nos ver, sem olhar para nós.

Finalmente, um oficial para. Ele diz alguma coisa numa língua que não entendemos. Ele nos faz perguntas. Não respondemos, permanecemos imóveis, um braço levantado, o outro estendido para frente. Então ele mexe nos bolsos, coloca uma moeda e um pedaço de chocolate na nossa palma suja e vai embora abanando a cabeça.

Nós continuamos esperando.

Uma mulher passa. Nós estendemos a mão. Ela diz:

— Pobrezinhos. Eu não tenho nada para dar.

Ela faz um carinho na nossa cabeça.

Nós dizemos:

— Obrigado.

Outra mulher nos dá duas maçãs, uma outra, biscoitos.

Uma mulher passa. Nós estendemos a mão, ela para, ela diz:

— Vocês não têm vergonha de ficar mendigando? Venham até a minha casa, tem uns trabalhinhos fáceis para vocês. Cortar lenha, por exemplo, ou esfregar o chão do alpendre. Vocês já são grandes e fortes para fazer isso. Depois, se trabalharem bem, eu dou sopa e pão para vocês.

Nós respondemos:

— Nós não temos interesse em trabalhar para a senhora. Não temos interesse em comer a sua sopa, nem o seu pão, senhora. Nós não estamos com fome.

Ela pergunta:

— E por que vocês estão mendigando então?

— Para saber qual é a sensação disso e para observar a reação das pessoas.

Ela grita, indo embora:

— Seus moleques descarados! Mas que atrevidos!

Na volta para casa, jogamos no mato alto que margeia a estrada as maçãs, os biscoitos, o chocolate e as moedas.

O carinho na nossa cabeça é impossível de jogar fora.

Lábio Leporino

Estamos pescando com linha no riacho. A Lábio Leporino chega correndo. Ela não nos vê. Ela deita na grama, puxa a saia para cima. Ela não está de calcinha. Vemos suas nádegas nuas e os pelos entre as pernas. Nós ainda não temos pelos entre as pernas. A Lábio Leporino tem, mas bem poucos.

A Lábio Leporino dá um assobio. Chega um cachorro. É o nosso cachorro. Ela o pega nos braços, rola com ele pela grama. O cachorro late, se solta, se sacode e foge correndo. Lábio Leporino o chama com uma voz suave, acariciando o próprio sexo com os dedos.

O cachorro volta, fareja várias vezes o sexo da Lábio Leporino e começa a lamber.

A Lábio Leporino afasta as pernas, aperta a cabeça do cão contra sua barriga com as duas mãos. Ela respira com bastante força e se contorce.

O sexo do cachorro fica visível, ele está cada vez mais comprido, é fino e vermelho. O cachorro levanta a cabeça, tenta montar na Lábio Leporino.

A Lábio Leporino se vira, fica de joelhos, oferece o traseiro para o cachorro. O cachorro apoia as patas da frente nas costas da Lábio Leporino, seus membros posteriores tremem. Ele vai tentando, fica cada vez mais perto, se enfia entre as pernas da Lábio Leporino, se gruda nas nádegas dela. Ele se mexe bem rápido para frente e para trás. A Lábio Leporino grita e depois de um tempo cai de bruços.

O cachorro se afasta devagar.

A Lábio Leporino segue deitada mais algum tempo, depois levanta, nos vê, fica corada. Ela grita:

— Seus espiões sacanas! O que é que vocês viram?

Nós respondemos:

— Vimos você brincando com o nosso cachorro.

Ela pergunta:

— Eu continuo sendo amiga de vocês?

— Sim. E permitimos que você brinque com o nosso cachorro o quanto você quiser.

— E vocês não vão contar para ninguém o que viram?

— Nós nunca contamos nada para ninguém. Pode confiar na gente.

Ela senta na grama, ela chora:

— Só os bichos mesmo é que gostam de mim.

Nós perguntamos:

— É verdade que a sua mãe é louca?

— Não. Ela só é surda e cega.

— O que aconteceu com ela?

— Nada. Nada de mais. Um dia ela ficou cega e depois ela ficou surda. Ela diz que comigo vai ser a mesma coisa. Vocês viram os meus olhos? De manhã, quando eu acordo, os meus cílios estão colados, os meus olhos estão cheios de pus.

Nós dizemos:

— Com certeza é uma doença que pode ser curada pela medicina.

Ela diz:

— Talvez. Mas como é que se vai num médico sem dinheiro? De todo modo, não tem nenhum médico. Estão todos no front.

Nós perguntamos:

— E os seus ouvidos? Você tem dor nos ouvidos?

— Não, com os meus ouvidos não tem nenhum problema. E eu acho que a minha mãe também não. Ela finge que não ouve nada, é bem conveniente para ela quando eu faço perguntas.

Exercício de cegueira e de surdez

Um de nós faz o cego, o outro faz o surdo. Para treinar, no início, o cego amarra um lenço preto da Avó na frente dos olhos, o surdo tapa as orelhas com grama. O lenço cheira mal como a Avó.

Nós nos damos as mãos, vamos dar um passeio durante os alertas, quando as pessoas estão escondidas nos porões e as ruas ficam desertas.

O surdo descreve o que vê:

— A rua é longa e reta. Ela é margeada por casas baixas, térreas. Elas são de cor branca, cinza, rosa, amarela e azul. No fim da rua dá para ver um parque com árvores e uma fonte. O céu está azul, com algumas nuvens brancas. Dá para ver aviões. Cinco bombardeiros. Eles voam baixo.

O cego fala devagar para que o surdo possa ler seus lábios:

— Eu estou ouvindo os aviões. Eles produzem um ruído entrecortado e profundo. Os motores estão penando. Eles estão carregados de bombas. Agora passaram. Estou ouvindo os pássaros de novo. Fora isso está tudo em silêncio.

O surdo lê os lábios do cego e responde:

— Sim, a rua está vazia.

O cego diz:

— Não por muito tempo. Estou ouvindo passos se aproximarem pela rua lateral, à esquerda.

O surdo diz:

— Tem razão. Está ali, é um homem.

O cego pergunta:

— Como ele é?

O surdo responde:

— Como todos eles são. Pobre, velho.

O cego diz:

— Eu sei. Consigo reconhecer os passos dos velhos. Também estou ouvindo que ele está descalço, então é pobre.

O surdo diz:

— Ele é careca. Ele está usando uma jaqueta velha do exército. As calças dele são curtas demais. Os pés estão sujos.

— E os olhos?

— Não consigo ver. Ele está olhando para o chão.

— E a boca?

— Bem murcha. Não deve ter mais nenhum dente.

— E as mãos?

— Nos bolsos. Os bolsos são enormes e estão cheios de alguma coisa. De batatas ou de nozes, tem umas pequenas protuberâncias. Ele está levantando a cabeça, está olhando para nós. Mas não dá para distinguir a cor dos olhos dele.

— Não consegue ver mais nada?

— Rugas, profundas como cicatrizes, no rosto.

O cego diz:

— Eu estou ouvindo as sirenes. É o fim do alerta. Vamos para casa.

Mais tarde, com o tempo, não precisamos mais de lenço para os olhos nem de grama para as orelhas. O que faz o cego simplesmente mergulha o olhar dentro de si; o surdo fecha os ouvidos para todos os ruídos.

O desertor

Encontramos um homem na floresta. Um homem vivo, jovem, sem uniforme. Ele está deitado atrás de um arbusto. Fica olhando para nós sem se mexer.

Perguntamos para ele:

— Por que o senhor está deitado aí?

Ele responde:

— Eu não consigo mais caminhar. Eu estou vindo do outro lado da fronteira. Faz duas semanas que estou caminhando. Noite e dia. Principalmente de noite. Eu estou muito fraco agora. Estou com fome. Faz três dias que eu não como nada.

Nós perguntamos:

— Por que não está de uniforme? Todos os homens jovens têm um uniforme. São todos soldados.

Ele diz:

— Eu não quero mais ser soldado.

— O senhor não quer mais combater o inimigo?

— Eu não quero combater ninguém. Eu não tenho inimigos. Eu quero voltar para a minha casa.

— Onde é a sua casa?

— Ainda falta bastante. Eu não vou conseguir chegar se não encontrar nada para comer.

Nós perguntamos:

— Por que o senhor não vai comprar alguma coisa para comer? O senhor não tem dinheiro?

— Não, eu não tenho dinheiro e não posso me expor. Eu tenho que ficar escondido. Ninguém pode me ver.

— Por quê?

— Eu deixei o meu regimento sem permissão. Eu fugi. Eu sou um desertor. Se me encontrarem, eu vou ser fuzilado ou enforcado.

Nós perguntamos:

— Como um assassino?

— Sim, exatamente como um assassino.

— E no entanto o senhor não quer matar ninguém. O senhor só quer voltar para a sua casa.

— Sim, só voltar para a minha casa.

Nós perguntamos:

— O que o senhor quer que a gente traga para comer?

— Qualquer coisa.

— Leite de cabra, ovos cozidos, pão, frutas?

— Sim, sim, qualquer coisa.

Nós perguntamos:

— E um cobertor? As noites são frias e chove com frequência.

Ele diz:

— Sim, mas ninguém pode ver vocês. E vocês não vão contar isso para ninguém, certo? Nem para a mãe de vocês.

Nós respondemos:

— Ninguém vai nos ver, nós nunca contamos nada para ninguém e nós não temos mãe.

Quando voltamos com a comida e o cobertor, ele diz:

— Vocês são legais.
Nós dizemos:
— Nós não estávamos querendo ser legais. Trouxemos essas coisas porque o senhor estava realmente precisando. Só isso.
Ele acrescenta:
— Eu nem sei nem como agradecer. Nunca vou esquecer vocês.
Os olhos dele se enchem de lágrimas.
Nós dizemos:
— O senhor sabe, chorar não ajuda em nada. Nós nunca choramos. No entanto, nós ainda não somos homens como o senhor.
Ele sorri e diz:
— Vocês têm razão. Me desculpem, isso não vai mais acontecer. É tudo por causa da exaustão.

Exercício de jejum

Anunciamos para a Avó:
— Hoje e amanhã a gente não vai comer. Vamos só beber água.
Ela encolhe os ombros:
— Estou pouco me lixando. Mas vocês vão trabalhar como sempre.
— Obviamente, Avó.
No primeiro dia ela mata um frango e assa no forno. Ao meio-dia ela nos chama:
— Venham comer!
Nós vamos para a cozinha, está cheirando muito bem. Estamos com um pouco de fome, mas não muita. Ficamos vendo a Avó cortar o frango.
Ela diz:
— Que cheiro gostoso. Estão sentindo esse cheiro gostoso? Querem uma coxa cada um?
— A gente não quer nada, Avó.
— Que pena, porque está realmente muito gostoso.
Ela come com as mãos, lambendo os dedos, limpando no avental. Ela rói e chupa os ossos.
Ela diz:
— Muito macio esse franguinho. Não consigo imaginar nada melhor.
Nós dizemos:

— Avó, desde que a gente chegou na sua casa, a senhora nunca preparou um frango para nós.
Ela diz:
— Preparei hoje. É só vocês comerem.
— A senhora sabia que a gente não queria comer nada hoje, nem amanhã.
— Isso não é culpa minha. É só mais uma das bobagens de vocês.
— É um dos nossos exercícios. Para nos acostumarmos a suportar a fome.
— Pois então se acostumem. Ninguém está impedindo vocês.

Saímos da cozinha, vamos trabalhar um pouco no jardim. Perto do fim do dia, estamos realmente com muita fome. Bebemos bastante água. À noite temos dificuldade para pegar no sono. Sonhamos com comida.

No dia seguinte, ao meio-dia, a Avó termina o frango. Nós vemos ela comer através de uma espécie de nevoeiro. Não estamos mais com fome. Temos vertigens.

À noite a Avó faz crepes com geleia e queijo branco. Estamos com náusea e cólicas estomacais, mas depois que deitamos caímos num sono profundo. Quando levantamos, a Avó já saiu para a feira. Nós queremos tomar café da manhã, mas não tem nada para comer na cozinha. Nem pão, nem leite, nem queijo. A Avó trancou tudo no porão. Nós poderíamos abri-lo, mas decidimos não tocar em nada. Comemos tomates e pepinos crus com sal.

A Avó volta da feira, ela diz:
— Vocês não fizeram o trabalho de vocês essa manhã.

— A senhora devia ter acordado a gente, Avó.

— Vocês é que tinham que ter acordado por conta própria. Mas mesmo assim vou dar algo para vocês comerem.

Ela faz uma sopa de legumes com as sobras da feira, como sempre. Nós comemos pouco. Depois da refeição a Avó diz:

— Que exercício idiota. E ruim para a saúde.

O túmulo do Avô

Um dia vemos a Avó sair de casa com o regador e com as ferramentas de jardinagem, mas, em vez de ir para a vinha, ela toma outra direção. Nós seguimos de longe para descobrir onde ela está indo.

Ela entra no cemitério. Para diante de um túmulo, larga as ferramentas no chão. O cemitério está deserto, há apenas nós e a Avó.

Nos escondendo atrás dos arbustos e dos monumentos funerários, vamos chegando cada vez mais perto. A Avó tem a vista curta e o ouvido fraco. Podemos observá-la sem que ela suspeite.

Ela arranca as ervas daninhas do túmulo, cava com uma pá, limpa a terra com o ancinho, planta flores, vai buscar água no poço, volta para regar o túmulo.

Quando termina o trabalho, ela guarda as ferramentas, depois se ajoelha diante da cruz de madeira, mas sentando nos calcanhares. Ela junta as mãos sobre a barriga como quem faz uma oração, mas nós ouvimos principalmente insultos:

— Seu bosta... Traste... Porco... Nojento... Maldito...

Quando a Avó vai embora, vamos ver o túmulo: está muito bem cuidado. Observamos a cruz: o sobrenome que está escrito nela é o mesmo da nossa Avó, e é também o sobrenome de solteira da nossa Mãe.

O primeiro nome é duplo, com um hífen, e esses dois nomes são os nossos próprios nomes.

Na cruz também estão escritas as datas de nascimento e de morte. Calculamos que o nosso Avô morreu aos quarenta e quatro anos de idade, isso já faz vinte e três anos.

À noite nós perguntamos para a Avó:

— E o nosso Avô, como ele era?

Ela diz:

— Como é que é? O quê? Vocês não têm Avô.

— Mas tivemos antigamente.

— Não, nunca. Quando vocês nasceram ele já tinha morrido. Então vocês nunca tiveram Avô.

Nós perguntamos:

— Por que a senhora envenenou ele?

Ela pergunta:

— Mas que história é essa?

— As pessoas falam que a senhora envenenou o Avô.

— As pessoas falam... As pessoas falam... Deixem as pessoas falarem.

— A senhora não envenenou ele?

— Me deixem em paz, seus filhos de uma cadela! Nunca provaram nada! As pessoas falam um monte de bobagem.

Nós acrescentamos:

— Nós sabemos que a senhora não gostava do Avô. Então por que a senhora cuida do túmulo dele?

— Exatamente por isso! Por causa dessas coisas que as pessoas falam. Para que elas parem de ficar falando! E como é que vocês sabem que eu cuido do túmulo dele, hein? Vocês andaram me espionando, seus filhos de uma cadela, vocês andaram me espionando de novo! Vão para o diabo que os carregue!

Exercício de crueldade

É domingo. Nós apanhamos um frango e cortamos o pescoço dele como vimos a Avó fazer. Levamos o frango para a cozinha e dizemos:

— Tem que assar, Avó.

Ela começa a gritar:

— E quem é que autorizou? Vocês não têm permissão para isso! Sou eu que mando aqui, seus merdinhas! Eu não vou assar! Prefiro morrer!

Nós dizemos:

— Não tem problema. A gente mesmo assa então.

Começamos a depenar o frango, mas a Avó o arranca das nossas mãos:

— Vocês não sabem fazer isso! Seus pirralhos, desgraçados, castigo divino, é isso que vocês são!

Enquanto o frango assa, a Avó chora:

— Era o mais bonito. Eles pegaram o mais bonito de propósito. Estava prontinho para a feira de terça.

Enquanto comemos o frango, nós dizemos:

— Está muito gostoso esse frango. Vamos comer isso todo domingo.

— Todo domingo? Vocês enlouqueceram? Vocês querem a minha ruína?

— A gente vai comer frango todo domingo, a senhora querendo ou não.

A Avó recomeça a chorar:

— Mas o que é que eu fiz para eles? Vida cruel! Eles querem me ver morta. Uma pobre velha indefesa. Eu não merecia isso. Justo eu, que sou tão boa para eles!

— Sim, Avó, a senhora é boa, muito boa. E também é por bondade que todo domingo a senhora vai assar um frango.

Quando ela está um pouco mais calma, nós acrescentamos:

— Quando tiver alguma coisa para matar, a senhora vai ter que nos chamar. A gente é que vai fazer isso.

Ela diz:

— Vocês adoram isso, hein?

— Não, Avó, pelo contrário, nós não gostamos disso. É por esse motivo que a gente precisa se acostumar.

Ela diz:

— Estou vendo. É mais um exercício. Vocês têm razão. Tem que saber matar quando é necessário.

Começamos pelos peixes. Pegamos pela cauda e batemos a cabeça deles contra uma pedra. Nós nos acostumamos rápido a matar animais destinados a ser comidos: galinhas, coelhos, patos. Mais tarde matamos animais que não seria necessário matar. Apanhamos rãs, pregamos numa tábua e abrimos a barriga delas. Também apanhamos borboletas e prendemos com alfinetes no papelão. Em pouco tempo temos uma bela coleção.

Um dia amarramos o nosso gato, um macho laranja, no galho de uma árvore. Pendurado pelo pescoço, o gato se espicha, fica enorme. Ele fica se sacudindo, tem convulsões. Quando já não se mexe, nós o soltamos. Ele fica estatelado na grama, imóvel, depois levanta de supetão e foge.

Desde então nós às vezes o vemos de longe, mas ele não chega mais perto da casa. Não vem nem beber o leite que nós deixamos na frente da porta num pratinho.

A Avó nos diz:

— Esse gato está ficando cada vez mais arisco.

Nós dizemos:

— Não precisa se preocupar, Avó, a gente vai dar um jeito nos ratos.

Construímos ratoeiras, e os ratos que ficam presos nelas nós afogamos na água fervente.

As outras crianças

Encontramos outras crianças na Cidade Pequena. Como a escola está fechada, elas passam o dia inteiro na rua. Tem as maiores e as menores. Algumas têm a própria casa e a própria mãe aqui, outras vêm de fora, como nós. Principalmente da Cidade Grande.

Muitas dessas crianças foram mandadas para casas de pessoas que elas não conheciam antes. Elas têm que trabalhar no campo e nas vinhas; as pessoas que cuidam delas nem sempre são boas com elas.

As crianças maiores com frequência atacam as menores. Pegam tudo o que elas têm nos bolsos e às vezes até as roupas delas. Batem nelas também, principalmente naquelas que vêm de fora. As menores daqui são protegidas pelas mães e nunca saem sozinhas.

Nós não somos protegidos por ninguém. Então aprendemos a nos defender dos meninos maiores.

Fabricamos armas: afiamos pedras, enchemos meias com areia e cascalho. Também temos uma navalha, que achamos no baú do sótão, ao lado da Bíblia. Tudo o que temos que fazer é pegar nossa navalha para que os maiores fujam.

Num dia de calor, nós estamos sentados ao lado da fonte onde as pessoas que não têm poço vêm buscar água. Bem pertinho, uns meninos maiores que nós estão deitados na grama. Está fresco aqui, debaixo das árvores, perto da água que corre sem parar.

A Lábio Leporino chega com um balde e coloca embaixo da bica, de onde sai um fio magro de água. Fica esperando o balde encher.

Quando o balde está cheio, um dos meninos se levanta e vai cuspir dentro dele. A Lábio Leporino esvazia o balde, limpa e coloca de volta embaixo da bica.

O balde está cheio de novo, um outro menino se levanta e cospe dentro dele. A Lábio Leporino coloca o balde limpo de volta embaixo da bica. Ela não espera mais o balde ficar cheio, enche só até a metade e, apressada, tenta escapar dali.

Um dos meninos corre atrás dela, agarra pelo braço e cospe dentro do balde.

A Lábio Leporino diz:

— Parem com isso! Eu preciso levar água limpa e potável.

O garoto diz:

— Mas a água está limpa. Eu só cuspi nela. Ou você está querendo dizer que o meu cuspe é sujo? O meu cuspe é mais limpo que tudo que tem na casa de vocês.

A Lábio Leporino esvazia o balde e começa a chorar.

O menino abre sua braguilha e diz:

— Chupa! Se você chupar, a gente deixa você encher o balde.

A Lábio Leporino se agacha. O menino dá um passo para trás:

— Você acha que eu vou colocar o meu pau nessa sua boca nojenta? Vadia!

Ele dá um chute no peito da Lábio Leporino e fecha a braguilha.

Nós vamos chegando mais perto. Levantamos a Lábio Leporino, pegamos o balde, lavamos bem e colocamos embaixo da bica.

Um dos meninos diz para os outros dois:

— Venham, vamos nos divertir em outro lugar.

Um outro diz:

— Você enlouqueceu? Agora é que vai começar a diversão.

O primeiro diz:

— Deixa pra lá! Eu conheço esses aí. Eles são perigosos.

— Perigosos? Esses idiotinhas? Pode deixar que eu dou um jeito neles. Vocês vão ver!

Ele vem até nós, quer cuspir dentro do balde, mas um de nós dá uma rasteira, o outro bate na cabeça dele com um saco de areia. O menino cai. Ele fica no chão, nocauteado. Os outros dois ficam olhando para nós. Um deles dá um passo na nossa direção. O outro diz:

— Cuidado! Esses desgraçados são capazes de qualquer coisa. Já me acertaram na têmpora uma vez com uma pedra. Eles têm uma navalha também e não têm medo de usar. Eles te degolariam sem nenhum escrúpulo. São completamente loucos.

Os meninos vão embora.

Nós entregamos o balde cheio para a Lábio Leporino. Ela pergunta para nós:

— Por que vocês não me ajudaram logo no início?

— A gente queria ver como você se defendia.

— E o que é que eu podia ter feito contra três grandes?

— Jogar o balde na cabeça deles, arranhar o rosto deles, dar um chute no saco deles, gritar, berrar. Ou então fugir e voltar depois.

O inverno

Faz cada vez mais frio. Nós reviramos nossas malas e vestimos quase tudo o que encontramos ali: vários blusões de lã, várias calças. Mas não temos como colocar um segundo par de calçados por cima dos nossos sapatos de cidade gastos e furados. Além do mais, não temos outros. Também não temos luvas nem toucas. Nossas mãos e nossos pés estão cobertos de frieiras.

O céu está cinza-escuro, as ruas da cidade estão vazias, o riacho está congelado, a floresta está coberta de neve. Não temos mais como ir até lá. Em pouco tempo vai faltar lenha.

Dizemos para a Avó:

— Estamos precisando de dois pares de botas de borracha.

Ela responde:

— E o que mais? Onde vocês querem que eu ache o dinheiro?

— Avó, a lenha praticamente acabou.

— É só economizar.

Não saímos mais. Fazemos todos os tipos de exercícios, esculpimos objetos em madeira, colheres, tábuas de pão, e ficamos estudando até tarde da noite. A Avó fica quase o tempo todo na cama dela. Raramente vem até a cozinha. Nós estamos tranquilos.

Comemos mal, não tem mais legumes nem frutas, as galinhas não põem mais ovos. A Avó pega todos os dias um pouco de feijão seco e algumas batatas no porão, que no entanto está cheio de carnes defumadas e de potes de geleia.

O carteiro vem de vez em quando. Ele fica tocando a campainha da bicicleta até a Avó sair de casa. Então o carteiro molha seu lápis, escreve alguma coisa num pedaço de papel, alcança o lápis e o papel para a Avó, que faz uma cruz na parte de baixo do papel. O carteiro entrega para ela o dinheiro, um pacote ou uma carta e vai embora assobiando na direção da cidade.

A Avó se tranca no quarto dela com o pacote ou com o dinheiro. Se tem uma carta, ela joga no fogo.

Nós perguntamos:

— Avó, por que a senhora joga a carta fora sem ler?

Ela responde:

— Eu não sei ler. Eu nunca fui para a escola, não fiz nada além de trabalhar. Não fui mimada como vocês.

— A gente podia ler para a senhora as cartas que chegam.

— Ninguém deve ler as cartas que chegam para mim.

Nós perguntamos:

— Quem é que manda o dinheiro? Quem é que manda os pacotes? Quem é que manda as cartas?

Ela não responde.

No dia seguinte, enquanto ela está no porão, nós vamos mexer no quarto dela. Debaixo da cama encontramos um pacote aberto. Tem blusões de lã, cachecóis, toucas, luvas. Não falamos nada para a

Avó, pois ela entenderia que nós temos uma chave que abre o quarto dela.

Depois do jantar nós ficamos à espera. A Avó toma sua aguardente e depois, cambaleando, vai abrir a porta do quarto com a chave pendurada no cinto. Nós vamos atrás dela, a empurramos pelas costas. Ela cai na cama. Fazemos de conta que procuramos e encontramos o pacote.

Nós dizemos:

— Isso não é nada legal, Avó. Nós estamos com frio, precisamos de roupas quentes, não conseguimos mais sair de casa, e a senhora vendendo tudo o que a nossa Mãe tricotou e mandou para nós.

A Avó não responde, ela chora.

Nós acrescentamos:

— É a nossa Mãe que manda o dinheiro, é a nossa Mãe que escreve as cartas.

A Avó diz:

— Não é para mim que ela escreve. Ela sabe muito bem que eu não sei ler. Ela nunca tinha escrito para mim antes. Agora que vocês estão aqui, ela escreve. Mas eu não preciso das cartas dela! Eu não preciso de nada que vem dela!

O carteiro

Agora nós é que esperamos o carteiro em frente ao portão do jardim. É um velhinho que usa um boné. Ele tem uma bicicleta com dois alforjes de couro presos no bagageiro.

Quando ele chega, nem consegue tocar a campainha: nós a desparafusamos antes.

Ele diz:

— Onde está a avó de vocês?

Nós dizemos:

— Não se preocupe com ela. Entregue para nós o que o senhor trouxe.

Ele diz:

— Não tem nada.

Ele tenta ir embora, mas nós damos um empurrão nele. Ele cai na neve. A bicicleta cai em cima dele. Ele frague ja.

Reviramos os alforjes dele, encontramos uma carta e um vale-postal. Pegamos a carta e dizemos:

— Dê o dinheiro!

Ele diz:

— Não. Ele foi enviado para a avó de vocês.

Nós dizemos:

— Mas é para nós que ele foi destinado, para nós. Foi a nossa Mãe que mandou. Se não nos der, não vamos deixar o senhor sair daí até morrer de frio.

Ele diz:

— Está bem, está bem. Me ajudem a levantar, eu estou com uma perna presa embaixo da bicicleta.

Nós levantamos a bicicleta e ajudamos o carteiro a se levantar. Ele é bem magro, bem leve.

Ele tira o dinheiro de um dos bolsos e nos dá.

Nós perguntamos:

— Quer uma assinatura ou uma cruz?

Ele diz:

— A cruz, pode ser. Uma cruz vale tanto quanto outra.

Ele continua:

— Vocês estão certos de se defender. Todo mundo conhece a avó de vocês. Não existe ninguém mais sovina que ela. Então é a mamãe do vocês que manda tudo isso? Ela é muito legal. Eu conheci ela bem pequenininha. Ela fez muito bem de ir embora. Ela nunca ia poder casar aqui. Com todos esses boatos que correm por aí...

Nós perguntamos:

— Quais boatos?

— Por exemplo, que ela teria envenenado o marido. Quer dizer, que a avó de vocês envenenou o avô de vocês. É uma história bem antiga. E é por isso que todo mundo chama ela de Bruxa.

Nós dizemos:

— Nós não queremos que falem mal da Avó.

O carteiro vira a bicicleta para o outro lado:

— Certo, certo, mas alguém tinha que deixar vocês a par disso.

Nós dizemos:

— Nós já estávamos a par disso. De agora em diante é para nós que o senhor vai entregar a correspondência. Caso contrário, nós matamos o senhor. Entendido?

O carteiro diz:

— Vocês bem que seriam capazes disso, seus projetos de assassinos. Vocês vão ter a correspondência de vocês, para mim dá na mesma. Estou pouco me lixando para a Bruxa.

Ele vai embora empurrando a bicicleta. Ele arrasta a perna para mostrar que nós o machucamos.

No dia seguinte, vestidos com roupas quentes, vamos até a cidade para comprar botas de borracha com o dinheiro que nossa Mãe enviou para nós. A carta dela nós levamos debaixo da camisa, um pouco cada um.

O sapateiro

O sapateiro mora e trabalha no subsolo de uma casa perto da estação ferroviária. É um cômodo grande. Num canto fica a cama dele; em outro, a cozinha. Sua oficina fica na frente da janela, que está no nível do chão. O sapateiro está sentado num banquinho, rodeado por calçados e ferramentas. Ele olha para nós por cima dos óculos; olha nossos sapatos de verniz completamente rachados.

Nós dizemos:

— Bom dia, senhor. Nós precisamos de umas botas de borracha, impermeáveis, quentes. O senhor tem alguma para vender? Nós temos dinheiro.

Ele diz:

— Sim, eu tenho. Mas as forradas, as quentes, são bem caras.

Nós dizemos:

— Nós estamos realmente precisando. Estamos com frio nos pés.

Colocamos sobre a mesa baixa o dinheiro que temos.

O sapateiro diz:

— Isso dá para um par só. Mas um par pode ser suficiente para vocês. Vocês calçam o mesmo número. Podem sair um de cada vez.

— Não tem como. Nós nunca saímos um sem o outro. Nós vamos juntos para todos os lugares.

— Peçam mais dinheiro para os pais de vocês.
— Não temos pais. Moramos com a nossa Avó, que todo mundo chama de Bruxa. Ela não vai nos dar dinheiro.

O sapateiro diz:
— A Bruxa é avó de vocês? Pobres meninos! E vocês vieram da casa dela até aqui com esses sapatos aí?
— Sim, viemos. Nós não podemos passar o inverno sem botas. Temos que ir buscar lenha na floresta, temos que limpar a neve. Nós realmente precisamos de...
— De dois pares de botas quentes e impermeáveis.

O sapateiro ri e nos entrega dois pares de botas:
— Experimentem.

Experimentamos; elas servem direitinho.
Nós dizemos:
— Vamos ficar com elas. Pagaremos o segundo par na primavera, quando vendermos peixes e ovos. Ou, se o senhor preferir, podemos trazer lenha.

O sapateiro nos entrega nosso dinheiro:
— Peguem. Fiquem com ele. Não quero o dinheiro de vocês. Aproveitem e comprem umas meias boas. Estou dando essas botas porque vocês realmente precisam.

Nós dizemos:
— Nós não gostamos de ganhar presentes.
— E por quê?
— Porque nós não gostamos de dizer obrigado.
— Vocês não precisam dizer absolutamente nada. Vão embora daqui. Não. Esperem! Levem também essas pantufas e essas sandálias para o verão e esses sapatos de cano alto também. Eles são bem fortes. Peguem tudo o que vocês quiserem.

— Mas por que o senhor quer nos dar tudo isso?
— Eu não preciso mais disso. Eu vou embora em breve.

Nós perguntamos:
— Para onde o senhor vai?
— Como é que eu vou saber? Vão me levar embora e vão me matar.

Nós perguntamos:
— Quem quer matar o senhor, e por quê?

Ele diz:
— Não façam perguntas. Vão embora agora.

Nós pegamos os sapatos, as pantufas, as sandálias. Estamos com as botas nos pés. Paramos diante da porta e dizemos:

— Esperamos que não levem o senhor embora. Ou, se o levarem, que não o matem. Adeus, senhor, e obrigado, muito obrigado.

Quando chegamos em casa, a Avó pergunta:
— Onde é que vocês roubaram isso tudo, seus delinquentes?

— Nós não roubamos nada. É um presente. Nem todo mundo é tão sovina quanto a senhora, Avó.

O roubo

Com nossas botas, nossas roupas quentes, podemos voltar a sair. Deslizamos pelo riacho congelado e buscamos lenha na floresta.

Pegamos um machado e um serrote. Não dá mais para recolher a madeira morta caída no chão; a camada de neve é espessa demais. Trepamos nas árvores, serramos os galhos mortos e rachamos com o machado. Durante esse trabalho, não sentimos frio. Chegamos até a suar. Então podemos tirar as luvas e guardar no bolso para que não gastem muito rápido.

Um dia, voltando com nossos feixes de lenha, desviamos o trajeto para ir ver a Lábio Leporino.

A neve não foi removida da frente do casebre e não há nenhuma pegada que leve até lá. Não está saindo fumaça da chaminé.

Batemos na porta, ninguém atende. Entramos. No início não conseguimos ver nada de tão escuro que está, mas nossos olhos logo se acostumam com a escuridão.

É um cômodo que serve de cozinha e de quarto. No canto mais escuro tem uma cama. Chegamos mais perto. Chamamos. Alguém se mexe debaixo dos cobertores e das roupas velhas; a cabeça da Lábio Leporino emerge dali.

Nós perguntamos:

— A sua mãe está aí?
Ela diz:
— Sim.
— Ela está morta?
— Não sei.

Largamos nossos feixes de lenha e vamos acender o fogo no fogão, pois está tão frio no cômodo quanto lá fora. Depois vamos até a casa da Avó e pegamos batatas e feijão seco no porão. Ordenhamos uma cabra e voltamos para a casa da vizinha. Aquecemos o leite, derretemos neve numa panela e colocamos o feijão para cozinhar. As batatas nós botamos para assar no forno.

A Lábio Leporino se levanta e, cambaleando, vem sentar perto do fogo.

A vizinha não está morta. Despejamos leite de cabra na sua boca. Dizemos para a Lábio Leporino:

— Quando estiver tudo pronto, coma e dê de comer para a sua mãe. A gente vai voltar.

Com o dinheiro que o sapateiro nos devolveu, nós compramos alguns pares de meias, mas não gastamos tudo. Vamos até uma mercearia comprar um pouco de farinha e pegar sal e açúcar sem pagar. Também vamos no açougue; compramos uma fatia pequena de toucinho e pegamos um salame grande sem pagar. Voltamos para a casa da Lábio Leporino. Ela e a mãe já comeram tudo. A mãe continua na cama, a Lábio Leporino está lavando a louça.

Nós dizemos para ela:

— Todo dia a gente vai trazer um feixe de lenha para vocês. Um pouco de feijão e umas batatas também. Mas para o resto precisa de dinheiro. Nós não temos mais. Sem dinheiro não dá para entrar nos lugares. Tem que comprar alguma coisa para poder roubar outra.

Ela diz:

— É impressionante como vocês são espertos. Vocês têm toda razão. Eles não me deixam nem entrar. Eu nunca teria imaginado que vocês fossem capazes de roubar.

Nós dizemos:

— Por que não? Vai ser o nosso exercício de astúcia. Mas a gente precisa de um pouco de dinheiro. É fundamental.

Ela pensa um pouco e diz:

— Vão pedir para o Senhor Pároco. Ele às vezes me dava um pouco quando eu concordava em mostrar a minha fenda.

— Ele pedia isso para você?

— Sim. E às vezes colocava o dedo dentro dela. E depois me dava dinheiro para eu não contar para ninguém. Digam para ele que a Lábio Leporino e a mãe dela estão precisando de dinheiro.

A chantagem

Nós vamos procurar o pároco. Ele mora ao lado da igreja, numa casa grande que se chama casa paroquial.

Puxamos o cordão do sino. Uma mulher velha abre a porta:

— O que vocês querem?
— Nós queremos ver o Senhor Pároco.
— Por quê?
— É para alguém que vai morrer.

A velha nos leva até uma antessala. Ela bate numa porta:

— Senhor Pároco — ela grita —, é para uma extrema-unção.

Uma voz responde atrás da porta:

— Estou indo. Diga para esperar.

Nós esperamos alguns minutos. Um homem alto e magro com um rosto severo sai do quarto. Ele está com uma espécie de capa branca e dourada em cima das roupas escuras. Pergunta para nós:

— Onde é? Quem mandou vocês?
— A Lábio Leporino e a mãe dela.

Ele diz:

— Preciso que digam o nome certo dessas pessoas.
— A gente não sabe o nome certo. A mãe é cega e surda. Elas moram na última casa da cidade. Elas estão praticamente morrendo de fome e de frio.

O pároco diz:

— Embora eu não conheça essas pessoas, estou pronto para dar a extrema-unção. Vamos. Me levem até lá.

Nós dizemos:

— Elas ainda não estão precisando de extrema-unção. Elas precisam de um pouco de dinheiro. Nós levamos lenha, algumas batatas e feijão seco para elas, mas não tem mais o que a gente possa fazer. Foi a Lábio Leporino que mandou a gente aqui. O senhor dava um dinheirinho para ela de vez em quando.

O pároco diz:

— É bem possível. Eu dou dinheiro para muitas pessoas pobres. Não consigo me lembrar de todas elas. Peguem!

Ele mexe nos bolsos sob a capa e nos dá alguns trocados. Nós pegamos e dizemos:

— É pouco. Muito pouco. Não dá nem para comprar um pedaço de pão com isso aqui.

Ele diz:

— Eu lamento muito. Tem muita gente pobre. E os fiéis quase não fazem mais oferendas. Todo mundo está apertado atualmente. Vão embora e que Deus abençoe vocês!

Nós dizemos:

— Podemos nos contentar com essa quantia por hoje, mas vamos ser obrigados a voltar amanhã.

— Como é? O que isso quer dizer? Amanhã? Eu não vou deixar vocês entrarem. Saiam daqui agora.

— Amanhã nós vamos ficar tocando o sino até o senhor deixar a gente entrar. Vamos bater nas janelas, vamos chutar a porta e vamos contar para todo mundo o que o senhor fazia com a Lábio Leporino.

— Eu nunca fiz nada com a Lábio Leporino. Eu nem sei quem é essa daí. Ela contou para vocês coisas que ela inventou. As historinhas de uma menininha retardada não vão ser levadas a sério. Ninguém vai acreditar em vocês. Tudo o que ela conta é mentira!

Nós dizemos:

— Pouco importa se é verdade ou mentira. O essencial é a calúnia. As pessoas gostam de escândalo.

O pároco senta numa cadeira, enxuga o rosto com um lenço.

— Que coisa monstruosa. Vocês pelo menos têm ideia do que é isso que vocês estão fazendo?

— Sim, senhor. Chantagem.

— Com essa idade... É lamentável.

— Sim, é lamentável a gente ter que chegar a isso. Mas a Lábio Leporino e a mãe dela estão realmente precisando de dinheiro.

O pároco levanta, tira a capa e diz:

— É uma provação que Deus está me enviando. Quanto vocês querem? Eu não sou rico.

— Dez vezes essa quantia que o senhor deu. Uma vez por semana. Não estamos pedindo o impossível.

Ele tira dinheiro do bolso, nos dá:

— Venham aos sábados. Mas não vão pensar que eu estou fazendo isso por ceder à chantagem de vocês. Estou fazendo isso por caridade.

Nós dizemos:

— Senhor Pároco, é exatamente isso que a gente esperava do senhor.

Acusações

Certa tarde o ordenança entra na cozinha. Faz bastante tempo que não o vemos. Ele diz:
— Vocês poder ajudar descarregar jipe?

Nós calçamos as nossas botas e vamos atrás dele até o jipe parado na estrada, em frente ao portão do jardim. O ordenança vai nos passando caixotes e caixas de papelão, que nós levamos para o quarto do oficial.

Perguntamos:
— O Senhor Oficial vai vir esta noite? Nós ainda não o vimos.

O ordenança diz:
— Oficial não vir inverno aqui. Talvez nunca mais vir. Ter coração partido. Talvez encontrar depois outra pessoa. Esquecer. Não para vocês história assim. Vocês trazer lenha para esquentar quarto.

Nós buscamos lenha, fazemos fogo na pequena lareira de metal. O ordenança abre os caixotes e as caixas de papelão e vai colocando sobre a mesa garrafas de vinho, de aguardente, de cerveja, e também um monte de coisas de comer: salames, carne e legumes enlatados, arroz, biscoitos, chocolate, açúcar, café.

O ordenança abre uma garrafa, começa a beber e diz:
— Eu esquentar enlatados em fogareiro a álcool. Hoje à noite comer, beber, cantar com amigos. Come-

morar vitória contra inimigo. Nós em breve ganhar guerra com nova arma milagrosa.

Nós perguntamos:

— Então a guerra vai acabar em breve?

Ele diz:

— Sim. Bem rápido. Por que vocês olhar assim comida na mesa? Se estar com fome, comer chocolate, biscoito, salame.

Nós dizemos:

— Tem um monte de gente que está morrendo de fome.

— E daí? Não pensar nisso. Muita gente morrer de fome ou outra coisa. Não pensar. Nós comer e não morrer.

Ele acha graça. Nós dizemos:

— Nós conhecemos uma mulher cega e surda que mora aqui perto com a filha dela. Elas não vão sobreviver a esse inverno.

— Não é culpa minha.

— Sim, a culpa é sua. Sua e do seu país. Vocês trouxeram a guerra para nós.

— Antes da guerra elas fazer como para comer, a cega e a filha?

— Antes da guerra elas viviam de caridade. As pessoas doavam roupas velhas, sapatos velhos. Levavam coisas de comer para elas. Agora ninguém dá mais nada. Todas as pessoas aqui estão pobres ou com medo de ficar pobres. Se tornaram sovinas e egoístas por causa da guerra.

O ordenança grita:

— Eu me lixar tudo isso! Chega! Calar boca!

— Sim, o senhor está se lixando e comendo a nossa comida.

— Não comida de vocês. Eu pegar isso em despensa de quartel.

— Tudo o que está em cima dessa mesa provém do nosso país: as bebidas, os enlatados, os biscoitos, o açúcar. É o nosso país que alimenta o exército de vocês.

O ordenança fica vermelho. Ele senta na cama, apoia a cabeça entre as mãos:

— Vocês achar eu querer guerra e vir para sua porcaria de país? Eu muito melhor em casa, tranquilo, construir cadeiras e mesas. Beber vinho de lá, divertir com moças legais da terra. Aqui todos maus, também vocês, criancinhas. Vocês dizer tudo culpa minha. Eu, que poder fazer? Se eu dizer não ir na guerra, não vir no país de vocês, eu fuzilado. Vocês pegar tudo, vamos, pegar tudo de mesa. Festa acabada, eu triste, vocês muito maus comigo.

Nós dizemos:

— Nós não queremos pegar tudo, só alguns enlatados e um pouco de chocolate. Mas o senhor poderia trazer de vez em quando, pelo menos durante o inverno, leite em pó, farinha ou qualquer outra coisa para comer.

Ele diz:

— Bom. Isso eu poder. Vocês ir comigo amanhã em casa da cega. Mas vocês legais comigo depois. Sim?

Nós dizemos:

— Sim.

O ordenança acha graça. Seus amigos chegam. Nós vamos embora. Ouvimos a cantoria deles a noite inteira.

A criada da casa paroquial

Certa manhã, já pelo final do inverno, nós estamos sentados na cozinha com a Avó. Batem na porta; uma mulher jovem entra. Ela diz:

— Bom dia. Eu vim buscar batatas para...

Ela para de falar, olha para nós:

— Que fofos!

Ela pega um banquinho, senta:

— Você, vem aqui.

Não nos mexemos.

— Ou então você.

Não nos mexemos. Ela ri:

— Ah, venham, venham um pouco mais perto. Assustei vocês?

Nós dizemos:

— Ninguém assusta a gente.

Nós vamos até ela. Ela diz:

— Santo Deus! Como vocês são lindos! Mas como estão sujos!

A Avó pergunta:

— O que você quer?

— Batatas para o Senhor Pároco. Por que vocês estão tão sujos? A senhora nunca lava eles?

A Avó diz, irritada:

— Não é da sua conta. Por que não foi a velha que veio?

A mulher jovem ri de novo:

— A velha? Ela era mais nova que a senhora. Só que ela morreu ontem. Ela era minha tia. Eu que estou substituindo ela na casa paroquial.

A Avó diz:

— Ela tinha cinco anos a mais do que eu. E do nada, ela morreu... Quanto de batata você vai querer?

— Dez quilos ou mais, se a senhora tiver. E maçã também. E também... O que mais a senhora tem? O Senhor Pároco é magro como um palito e a despensa dele está vazia.

A Avó diz:

— Deviam ter pensado nisso no outono.

— Neste outono eu ainda não estava lá com ele. É só desde ontem à noite que eu estou lá.

A Avó diz:

— Já vou avisando, nessa época do ano, tudo o que se come é caro.

A mulher jovem ri mais uma vez:

— Faça o seu preço. Nós não temos escolha. Não tem praticamente mais nada nos mercados.

— Daqui a pouco não vai ter mais nada em lugar nenhum.

A Avó ri com escárnio e sai. Nós ficamos a sós com a criada do pároco. Ela pergunta:

— Por que vocês nunca se lavam?

— Não tem banheiro, não tem sabonete. Não tem nenhuma possibilidade de se lavar.

— E essas roupas! Que horror! Vocês não têm nenhuma outra roupa?

— Temos algumas nas malas, embaixo do banco. Mas estão sujas e rasgadas. A Avó nunca lava.

— Quer dizer que a Bruxa é avó de vocês? Milagres realmente acontecem!

A Avó volta com dois sacos:

— São dez moedas de prata ou uma moeda de ouro. Eu não aceito notas. Daqui a pouco elas não vão valer mais nada, é só papel.

A criada pergunta:

— O que é que tem nos sacos?

A Avó responde:

— Comida. É pegar ou largar.

— Eu pego. Amanhã eu trago o dinheiro. Os pequenos podem me ajudar a carregar os sacos?

— Eles podem se eles quiserem. Não é sempre que eles querem. E eles não obedecem ninguém.

A criada pergunta para nós:

— É claro que vocês querem, não é mesmo? Cada um de vocês vai carregar um saco e eu vou carregar as malas de vocês.

A Avó pergunta:

— Que história é essa de malas?

— Eu vou lavar as roupas sujas deles. Trago de volta amanhã, junto com o dinheiro.

A Avó retruca:

— Lavar as roupas deles? Se você se diverte com isso...

Nós saímos junto com a criada. Caminhamos atrás dela até a casa paroquial. Ficamos vendo suas duas tranças loiras dançando sobre o xale preto dela, duas tranças grossas e compridas. Elas batem na cintura dela. Seus quadris dançam debaixo da saia vermelha. Dá para ver um pouco das pernas dela entre a saia e as botas. As meias são pretas e na perna direita tem um fio puxado.

O banho

Chegamos à casa paroquial com a criada. Ela nos faz entrar pela porta dos fundos. Deixamos os sacos na despensa e vamos até a lavanderia. Ali tem barbantes esticados por todo o lado para a roupa. Há recipientes de tudo quanto é tipo, incluindo uma banheira de zinco de formato esquisito, mais ou menos como uma poltrona profunda.

A criada abre nossas malas, coloca nossas roupas de molho na água fria, depois acende o fogo para esquentar a água de dois caldeirões enormes. Ela diz:

— Eu já vou começar a lavar agora aquilo que vocês vão precisar logo. Enquanto vocês tomam banho, vai secar. As outras roupas eu levo para vocês amanhã ou depois de amanhã. Algumas eu também vou ter que remendar.

Ela despeja água fervente na banheira; adiciona água fria.

— E então quem começa?

Não nos mexemos. Ela diz:

— Vai ser você, ou vai ser você? Vamos, tirem a roupa!

Nós perguntamos:

— Você quer ficar aqui enquanto a gente toma banho?

Ela ri bem alto:

— Mas é claro, eu vou ficar aqui! E mais, eu vou esfregar as costas e lavar o cabelo de vocês. Vocês não precisam ficar acanhados na minha frente! Eu poderia ser mãe de vocês.

Nós continuamos sem nos mexer. Então ela começa a tirar a roupa:

— Pior para vocês. Eu é que vou começar. Vejam, eu não fico acanhada na frente de vocês. Vocês não passam de uns menininhos pequenos.

Ela começa a cantarolar, mas seu rosto fica vermelho quando se dá conta que estamos olhando para ela. Os seios dela são firmes e pontudos como balões que não terminaram de encher. A pele é bem branca e ela tem um monte de pelos loiros em todos os lugares. Não só entre as pernas e embaixo dos braços, mas também na barriga e nas coxas. Ela continua a cantar na água enquanto se esfrega com uma luva. Quando sai do banho, vai logo vestir um roupão. Ela troca a água da banheira e começa a lavar as roupas, virando de costas para nós. Então nós tiramos a roupa e entramos no banho juntos. Tem espaço mais do que suficiente para nós dois.

Passado algum tempo, a criada nos entrega duas toalhas brancas bem grandes:

— Espero que vocês tenham esfregado o corpo todo.

Ficamos sentados num banco, enrolados nas toalhas, esperando que nossas roupas sequem. A lavanderia está cheia de vapor e está muito quente. A criada vem até nós com uma tesoura:

— Vou cortar as unhas de vocês. E chega dessa frescura. Eu não vou morder vocês.

Ela corta nossas unhas das mãos e dos pés. Também corta nosso cabelo. Ela nos beija no rosto e no pescoço. Ela não para de falar.

— Ah! Esses pezinhos lindos, que pequeninhos, que limpinhos! Ah! Essas orelhas fofas, esse pescoço tão macio, tão macio! Ah! Como eu gostaria de ter dois menininhos tão bonitos, tão fofos, só para mim! Eu ia ficar fazendo cócegas neles em todos os lugares, todos, todinhos.

Ela fica nos fazendo carinho e beijando por todo o corpo. Faz cócegas com a língua no nosso pescoço, embaixo dos braços, entre as nádegas. Ela se ajoelha na frente do banco e chupa os nossos sexos, que ficam grandes e duros na sua boca.

Agora ela está sentada entre nós dois. Ela nos aperta com força contra ela.

— Se eu tivesse dois bebezinhos tão bonitos, ia dar para eles um leite gostoso e bem docinho, aqui, ali, ali, assim.

Ela puxa nossas cabeças na direção dos seus seios, que saltaram para fora do roupão, e nós chupamos as pontas rosadas, que ficaram bem duras. A criada coloca as mãos por debaixo do roupão e se esfrega entre as pernas:

— Que pena que vocês não são um pouco maiores! Ah! Que gostoso, que gostoso brincar com vocês!

Ela suspira, ofega, então subitamente enrijece.

Quando vamos embora, ela nos diz:

— Vocês vão voltar todos os sábados para tomar banho. Tragam as roupas sujas também. Eu quero que vocês estejam sempre limpos.

Nós dizemos:

— Nós vamos trazer lenha em troca do seu trabalho. E peixes e cogumelos, quando houver.

O pároco

No sábado seguinte nós voltamos para tomar banho. Depois a criada nos diz:

— Venham aqui na cozinha. Eu vou fazer chá e nós vamos comer umas torradinhas.

Estamos comendo torradinhas quando o pároco entra na cozinha.

Nós dizemos:

— Bom dia, senhor.

A criada diz:

— Meu Padre, esses aqui são os meus protegidos. São os netos daquela velha que as pessoas chamam de Bruxa.

O pároco diz:

— Já conheço. Venham aqui comigo.

Nós vamos atrás dele. Atravessamos um cômodo onde há apenas uma grande mesa redonda rodeada de cadeiras e um crucifixo na parede. Depois entramos numa sala escura cujas paredes estão cobertas de livros até o teto. Na frente da porta, um genuflexório com um crucifixo; perto da janela, uma escrivaninha; uma cama estreita num canto, três cadeiras alinhadas junto à parede: e essa é toda a mobília dessa sala.

O pároco diz:

— Vocês mudaram bastante. Estão limpos. Estão parecendo dois anjos. Sentem.

Ele arrasta duas cadeiras e coloca diante da sua mesa; nós sentamos. Ele senta do outro lado da escrivaninha. Ele nos entrega um envelope:

— Aqui está o dinheiro.

Ao pegarmos o envelope, dizemos:

— Daqui a pouco o senhor já vai poder parar de dar. No verão a Lábio Leporino se vira sozinha.

O pároco diz:

— Não. Eu vou continuar a ajudar essas duas mulheres. Tenho vergonha de não ter feito isso antes. Mas vamos mudar um pouquinho de assunto agora?

Ele olha para nós; nós ficamos calados. Ele diz:

— Nunca vejo vocês na igreja.

— Nós não vamos.

— Vocês rezam de vez em quando?

— Não, não rezamos.

— Pobres ovelhinhas. Eu vou rezar por vocês. Vocês sabem ler pelo menos?

— Sim, senhor. Sabemos ler.

O pároco nos entrega um livro:

— Peguem, leiam este. Aqui vocês vão encontrar belas histórias sobre Jesus Cristo e sobre a vida dos santos.

— Essas histórias a gente já conhece. Nós temos uma Bíblia. Já lemos o Antigo e o Novo Testamento.

O pároco ergue suas sobrancelhas pretas:

— Como é que é? Vocês leram toda a Bíblia Sagrada?

— Sim, senhor. E inclusive sabemos várias passagens de cor.

— Quais, por exemplo?

— Passagens do Gênesis, do Êxodo, do Eclesiastes, do Apocalipse e de outros.

O pároco fica calado por um momento, depois diz:
— Isso quer dizer que vocês conhecem os Dez Mandamentos. E você respeitam?
— Não, senhor, não respeitamos. Ninguém respeita. Está escrito *não matarás* e todo mundo mata.
O pároco diz:
— Pois é... É a guerra.
Nós dizemos:
— Nós gostaríamos de ler outros livros além da Bíblia, mas não temos nenhum. Já o senhor tem vários. O senhor poderia nos emprestar alguns.
— Esses livros são muito difíceis para vocês.
— São mais difíceis que a Bíblia?
O pároco fica olhando para nós. Ele pergunta:
— Que tipo de livro vocês gostariam de ler?
— Livros de história e de geografia. Livros que contem coisas verdadeiras, não coisas inventadas.
O pároco diz:
— Até o próximo sábado eu vou achar alguns livros adequados para vocês. Agora me deixem sozinho. Voltem para a cozinha e terminem as torradinhas de vocês.

A criada e o ordenança

Estamos no jardim, colhendo cerejas com a criada. O ordenança e o oficial estrangeiro chegam no jipe. O oficial passa reto e entra no quarto dele. O ordenança para perto de nós. Ele diz:

— Bom dia, meus amiguinhos, bom dia, linda senhorita. Cerejas já maduras? Eu gostar muito cereja, eu gostar muito linda senhorita.

O oficial grita pela janela. O ordenança precisa entrar na casa. A criada nos diz:

— Por que vocês não me disseram que tinha homens na casa de vocês?

— Eles são estrangeiros.

— E daí? Que bonitão esse oficial!

Nós perguntamos:

— Não gostou do ordenança?

— Ele é baixinho e gordo.

— Mas ele é bom e divertido. E fala bem a nossa língua.

Ela diz:

— Não estou nem aí. Eu gostei é do oficial.

O oficial vem sentar no banco em frente à sua janela. A cesta da criada já está cheia de cerejas, ela poderia voltar para a casa paroquial, mas continua aqui. Ela fica olhando para o oficial, ela ri bem alto. Ela se pendura no galho de uma árvore, se balança, pula, deita na grama e por fim joga uma margarida nos pés do oficial. O oficial levanta, volta para o quarto. Um pouco depois ele sai e vai embora no jipe.

O ordenança se escora na janela e grita:

— Quem poder ajudar pobre homem limpar quarto muito sujo?

Nós dizemos:

— Nós ajudamos.

Ele diz:

— Precisar mulher para ajudar. Precisar linda senhorita.

Nós dizemos para a criada:

— Vem. Vamos ajudar um pouco.

Nós três vamos até o quarto do oficial. A criada pega a vassoura e começa a varrer. O ordenança senta na cama. Ele diz:

— Eu sonhar. Uma princesa, eu ver no sonho. Princesa tem que beliscar para acordar.

A criada ri, ela belisca bem forte a bochecha do ordenança. O ordenança grita:

— Eu acordado agora. Eu também querer beliscar princesa má.

Ele pega a criada nos braços e começa a beliscar as nádegas dela. A criada fica se debatendo, mas o ordenança segura com bastante força. Ele nos diz:

— Vocês, fora! E fechar a porta.

Nós perguntamos para a criada:

— Quer que a gente fique?

Ela ri:

— Para quê? Eu sei muito bem me defender sozinha.

Então saímos do quarto, fechamos a porta atrás de nós. A criada vem até a janela, sorri para nós, puxa as venezianas e fecha a janela. Nós subimos para o sótão e pelos buracos ficamos observando o que acontece no quarto do oficial.

O ordenança e a criada estão deitados na cama. A criada está completamente nua; o ordenança está só de camisa e meias. Ele está deitado em cima da criada e os dois se mexem para frente e para trás e de um lado para o outro. O ordenança grunhe como o porco da Avó e a criada dá uns gritinhos, como se alguém a estivesse machucando, mas ela também ri e ao mesmo tempo grita:

— Sim, sim, sim, ah, ah, ah!

Desse dia em diante a criada volta com frequência e fica ali trancada com o ordenança. Nós observamos às vezes, mas nem sempre.

O ordenança prefere que a criada se incline ou fique de quatro e ele a pega por trás. A criada prefere que o ordenança fique deitado de costas. Então ela senta na barriga do ordenança e se mexe para cima e para baixo, como se estivesse montada num cavalo.

O ordenança às vezes dá meias de seda ou água-de-colônia para a criada.

O oficial estrangeiro

Nós estamos fazendo o nosso exercício de imobilidade no jardim. Faz calor. Estamos deitados de costas sob a sombra da nogueira. Por entre as folhas, conseguimos ver o céu, as nuvens. As folhas da árvore estão imóveis; as nuvens também parecem estar, mas, se ficamos olhando longamente para elas, com bastante atenção, dá para notar que elas se deformam e se espicham.

A Avó sai da casa. Ao passar por nós, com um chute, ela joga areia e cascalho sobre nossos rostos e nossos corpos. Ela resmunga alguma coisa e vai até a vinha para fazer a sesta.

O oficial está sentado, sem camisa, de olhos fechados, no banco em frente ao quarto dele, a cabeça encostada na parede branca, em pleno sol. De repente ele vem até nós. Fala conosco, mas não respondemos, não olhamos para ele. Ele volta para o banco.

Mais tarde, o ordenança nos diz:

— O Senhor Oficial pede vocês ir falar com ele.

Não respondemos. Ele acrescenta:

— Vocês levantar e ir. Oficial irritado se não obedecer.

Não nos mexemos.

O oficial diz alguma coisa e o ordenança entra no quarto. Conseguimos ouvi-lo cantar enquanto faz a limpeza.

Quando o sol atinge o telhado da casa, bem ao lado da chaminé, nós levantamos. Vamos até o oficial, paramos diante dele. Ele chama o ordenança. Nós perguntamos:

— O que ele quer?

O oficial faz perguntas; o ordenança traduz:

— O Senhor Oficial perguntar por que vocês não mexer, não falar.

Nós respondemos:

— A gente estava fazendo o nosso exercício de imobilidade.

O ordenança traduz de novo:

— O Senhor Oficial dizer vocês fazer muito exercício. Também outros tipos. Ele viu vocês bater um em outro com cinto.

— Esse era o nosso exercício de endurecimento.

— O Senhor Oficial perguntar por que vocês fazer tudo isso.

— Para a gente se acostumar com a dor.

— Ele perguntar vocês prazer sentir dor.

— Não. A gente só quer vencer a dor, o calor, o frio, a fome, tudo aquilo que machuca.

— O Senhor Oficial admiração por vocês. Ele achar vocês extraordinários.

O oficial acrescenta algumas palavras. O ordenança nos diz:

— Bom, terminou. Eu precisar ir embora agora. Vocês também, dar fora, ir pescar.

Mas o oficial nos segura pelo braço, sorrindo, e faz um sinal para o ordenança ir embora. O ordenança dá alguns passos, se vira:

— Vocês, ir embora! Depressa! Ir passear na cidade.

O oficial olha para ele e o ordenança se afasta até o portão do jardim, de onde segue gritando para nós:

— Cair fora, vocês! Não ficar! Não entender, idiotas?

Ele se vai. O oficial sorri para nós, nos leva até seu quarto. Senta numa cadeira, nos puxa para junto dele, nos levanta, nos coloca sentados no seu colo. Nós colocamos os braços em volta do pescoço dele, ficamos aninhados junto ao seu peito peludo. Ele nos embala.

Embaixo de nós, entre as pernas do oficial, sentimos um movimento quente. Olhamos um para o outro, depois olhamos direto nos olhos do oficial. Ele nos afasta com cuidado, bagunça nosso cabelo, fica de pé. Ele nos entrega dois chicotes e deita de bruços na cama. Diz uma única palavra que, sem conhecer a língua dele, nós entendemos.

Nós batemos. Primeiro um, depois o outro.

As costas do oficial se enchem de listras vermelhas. Batemos cada vez mais forte. O oficial geme e sem mudar de posição abaixa as calças e a cueca até os tornozelos. Nós batemos nas suas nádegas brancas, nas coxas, nas pernas, nas costas, no pescoço, nos ombros com todas as nossas forças, e tudo fica vermelho.

O corpo, o cabelo, as roupas do oficial, os lençóis, o tapete, nossas mãos, nossos braços estão vermelhos. O sangue espirra até nos nossos olhos, se mistura com o nosso suor, e nós continuamos batendo até que o homem solte um grito final, desumano, e que nós caiamos, exaustos, ao pé da cama.

A língua estrangeira

O oficial nos traz um dicionário com o qual podemos aprender a língua dele. Nós aprendemos as palavras; o ordenança corrige a nossa pronúncia. Algumas semanas depois, falamos com fluência essa nova língua. Não paramos de progredir. O ordenança já não precisa mais traduzir. O oficial está muito feliz conosco. Ele nos dá de presente uma gaita de boca. Também nos dá uma chave do quarto dele, para que possamos entrar quando quisermos (nós já fazíamos isso com a nossa chave, mas escondidos). Agora não precisamos mais nos esconder e podemos fazer tudo o que tivermos vontade: comer biscoitos e chocolate, fumar cigarros.

Nós vamos com frequência para esse quarto, pois tudo ali é limpo, e ficamos mais em paz ali do que na cozinha. É ali que fazemos nosso dever de casa na maioria das vezes.

O oficial possui um gramofone e discos. Deitados na cama, nós ouvimos música. Certa vez, para agradar o oficial, colocamos o hino nacional do país dele. Mas ele fica furioso e quebra o disco com um soco.

Às vezes nós pegamos no sono na cama, que é bem larga. Certa manhã o ordenança nos encontra ali; ele não está feliz:

— É imprudência! Vocês não fazer mais besteira assim. O que acontecer se o oficial voltar de noite?

— O que poderia acontecer? Tem bastante espaço para ele também.

O ordenança diz:

— Vocês, muito burros. Um dia vocês pagar burrice. Se o oficial machucar vocês, eu matar ele.

— Ele não vai nos machucar. Não precisa se preocupar com a gente.

Certa noite o oficial volta para casa e nos encontra dormindo na cama dele. A luz do lampião a querosene nos acorda. Nós perguntamos:

— O senhor quer que a gente vá para a cozinha?

O oficial faz um carinho na nossa cabeça e diz:

— Fiquem. Fiquem aqui.

Ele tira a roupa e vem deitar entre nós dois. Ele nos envolve com seus braços, sussurra no nosso ouvido:

— Durmam. Eu amo vocês. Durmam tranquilos.

Voltamos a dormir. Mais tarde, aí pelo início da manhã, nós queremos levantar, mas o oficial não deixa:

— Não se mexam. Continuem dormindo.

— Precisamos urinar. Precisamos sair.

— Não saiam. Façam aqui.

Nós perguntamos:

— Onde?

Ele diz:

— Em mim. Sim. Não tenham medo. Mijem! Na minha cara.

Nós fazemos, depois saímos para o jardim, pois a cama está completamente molhada. O sol já está nascendo. Nós começamos os nossos trabalhos da manhã.

O amigo do oficial

O oficial às vezes volta com um amigo, um outro oficial, mais jovem. Eles passam a noite juntos e o amigo também fica para dormir. Nós observamos diversas vezes pelo buraco que fizemos no teto.

É uma noite de verão. O ordenança prepara alguma coisa no fogareiro a álcool. Ele coloca uma toalha na mesa e nós colocamos algumas flores em cima. O oficial e seu amigo estão sentados à mesa. Estão bebendo. Depois eles comem. O ordenança come perto da porta, sentado num banquinho. Então eles voltam a beber. Enquanto isso, somos nós que cuidamos da música. Mudamos os discos, damos corda no gramofone.

O amigo do oficial diz:

— Esses moleques me dão nos nervos. Bote eles para fora.

O oficial pergunta:

— Com ciúmes?

O amigo responde:

— Desses aí? Que ridículo! Dois pequenos selvagens.

— Eles são bonitos, você não acha?

— Talvez. Nem olhei para eles.

— Ah, você nem olhou para eles. Pois então olhe.

O amigo fica vermelho:

— O que você está querendo afinal? Eles me dão nos nervos com essas caras de sonsos. Como se estivessem nos escutando, nos espiando.

— Mas eles nos escutam. Eles falam a nossa língua perfeitamente. Entendem tudo.

O amigo empalidece, ele se levanta.

— Isso já é demais! Eu vou embora!

O oficial diz:

— Não seja idiota. Saiam, meninos.

Nós saímos do quarto, subimos para o sótão. Ficamos olhando e escutando.

O amigo do oficial diz:

— Você me fez parecer ridículo na frente daqueles moleques estúpidos.

O oficial diz:

— São os dois meninos mais inteligentes que eu já vi na vida.

O amigo diz:

— Você está dizendo isso para me ferir, para me magoar. Você faz de tudo para me atormentar, para me humilhar. Um dia eu ainda te mato!

O oficial joga seu revólver em cima da mesa:

— É só o que eu peço! Pega! Me mata! Vai logo!

O amigo pega o revólver e aponta para o oficial:

— Eu vou atirar. Você vai ver, vou atirar. Da próxima vez que você me falar dele, do outro, eu te mato.

O oficial fecha os olhos, sorri:

— Ele era bonito... Jovem... Forte... Charmoso... Delicado... Culto... Terno... Sonhador... Corajoso...

Abusado... Eu amava ele. Ele morreu no front oriental. Tinha dezenove anos. Eu não consigo viver sem ele.

O amigo joga o revólver em cima da mesa e diz:

— Canalha!

O oficial abre os olhos, olha para o amigo:

— Mas que falta de coragem! Que falta de caráter!

O amigo diz:

— É só você fazer isso sozinho, se tem tanta coragem assim, se está sofrendo tanto assim. Se você não consegue viver sem ele, vá atrás dele na morte. E ainda queria a minha ajuda? Eu não sou maluco! Morra! Morra sozinho!

O oficial pega o revólver e encosta na sua têmpora. Nós descemos do sótão. O ordenança está sentado em frente à porta aberta do quarto. Perguntamos para ele:

— Acha que ele vai se matar?

O ordenança diz:

— Vocês, não ter medo. Eles sempre fazer isso quando beber demais. Eu descarregar dois revólveres antes.

Nós entramos no quarto, dizemos para o oficial:

— A gente pode matar o senhor, se o senhor realmente quiser. Dê o revólver para nós.

O amigo diz:

— Fedelhos de merda!

O oficial diz, sorrindo:

— Obrigado. Vocês são legais. A gente só estava brincando. Vão dormir.

Ele levanta para fechar a porta atrás de nós, vê o ordenança:

— O senhor ainda está aí?

O ordenança diz:

— Não recebi permissão para sair.

— Vá embora daqui! Eu quero que me deixem em paz! Entendido?

Pela porta, nós ainda conseguimos ouvir ele dizer para o amigo:

— Que bela lição para você, seu bunda-mole!

Ouvimos também o barulho de uma briga, golpes, o estrondo de cadeiras derrubadas, uma queda, gritos, respirações ofegantes. Depois silêncio.

Nosso primeiro espetáculo

A criada canta com frequência. Canções populares antigas e novas canções da moda que falam sobre a guerra. Nós escutamos essas músicas e depois imitamos na nossa gaita de boca. Também pedimos ao ordenança que nos ensine canções do país dele.

Certa noite, bem tarde, quando a Avó já está deitada, nós vamos até a cidade. Perto do castelo, numa rua antiga, paramos em frente a uma casa baixa. Barulho, vozes, fumaça saem de uma porta no final de uma escada. Descemos os degraus de pedra e chegamos num porão que foi transformado em bar. Homens, em pé ou sentados em bancos de madeira e em barris, estão bebendo vinho. Na sua maioria são velhos, mas também há alguns jovens, assim como três mulheres. Ninguém repara na nossa presença.

Um de nós começa a tocar gaita de boca e o outro a cantar uma canção bem conhecida, que fala de uma mulher à espera do marido que voltará em breve, vitorioso, da guerra.

As pessoas pouco a pouco se voltam para nós. As vozes se calam. Nós cantamos, nós tocamos cada vez mais alto, nós ouvimos nossa melodia ressoar, reverberar no teto abobadado do porão, como se fosse outra pessoa que estivesse tocando e cantando.

Terminada a canção, nós erguemos os olhos para aqueles rostos cansados e encovados. Uma mulher ri e aplaude. Um homem jovem que não tem um braço diz com uma voz rouca:

— Mais uma. Toquem mais alguma coisa!

Trocamos nossos papéis. Aquele que estava com a gaita de boca a entrega para o outro e nós começamos outra canção.

Um homem muito magro se aproxima de nós cambaleando, ele grita na nossa cara:

— Silêncio, seus cachorros!

Ele nos empurra com violência, um para a direita, o outro para a esquerda. Nós perdemos o equilíbrio; a gaita de boca cai. O homem sobe a escada se apoiando na parede. Nós ouvimos ele gritar de novo na rua:

— Cala a boca, todo mundo!

Pegamos a gaita de boca do chão e limpamos. Alguém diz:

— Ele é surdo.

Uma outra pessoa diz:

— Ele não é só surdo. Ele é acima de tudo completamente louco.

Um velhinho faz carinho nas nossas cabeças. Lágrimas correm dos seus olhos fundos, com olheiras escuras:

— Que infelicidade! Que mundo infeliz! Pobres meninos! Pobre mundo!

Uma mulher diz:

— Surdo ou louco, ele voltou. Você também, você voltou.

Ela senta no colo do homem que não tem um braço. O homem diz:

— Tem razão, minha linda, eu voltei. Mas com o que é que eu vou trabalhar? Com o que é que eu vou segurar a tábua para serrar? Com a manga vazia da minha jaqueta?

Um outro homem jovem, sentado num banco, diz, rindo:

— Eu também voltei, só que estou com a parte de baixo paralisada. As pernas e todo o resto. Nunca mais vou ficar duro de novo. Eu preferia ter batido as botas imediatamente, sabe, ter ficado por lá, de um só golpe.

Uma outra mulher diz:

— Vocês nunca estão contentes. Os que eu vejo morrer no hospital, todos eles dizem: *Não importa o meu estado, eu queria sobreviver, voltar para casa, ver minha mulher, minha mãe, do jeito que for, viver um pouco mais.*

Um homem diz:

— Você, fique quieta. As mulheres não viram nada da guerra.

A mulher diz:

— Não viram nada? Cretino! A gente fica com todo o trabalho, toda a preocupação. As crianças para alimentar, os feridos para cuidar. Vocês, assim que a guerra termina, são todos heróis. Morto: herói. Sobrevivente: herói. Mutilado: herói. Foi para isso que vocês inventaram a guerra, vocês, os homens. É a guerra de vocês. Vocês que quiseram, então vão lá, heróis de meia-tigela!

Todos começam a falar, a gritar. O velhinho perto de nós diz:

— Ninguém quis essa guerra. Ninguém, ninguém.

Saímos do porão. Decidimos voltar para casa.

A lua ilumina as ruas e a estrada poeirenta que leva até a casa da Avó.

O desenvolvimento dos nossos espetáculos

Aprendemos a fazer malabarismos com frutas: maçãs, nozes, damascos. Primeiro com duas, é fácil, depois com três, quatro, até que chegamos a cinco.

Inventamos truques de prestidigitação com cartas e com cigarros.

Também treinamos acrobacias. Sabemos dar estrelinhas, saltos mortais, cambalhotas para frente e para trás, e somos capazes de andar com as mãos com extrema facilidade.

Colocamos umas roupas bem velhas e grandes demais para nós, que encontramos no baú do sótão: casacos xadrez, largos e rasgados, calças folgadas que amarramos na cintura com um barbante. Encontramos também um chapéu preto, redondo e duro.

Um de nós prende um pimentão vermelho no nariz e o outro um bigode falso feito com barba de milho. Arranjamos um batom e aumentamos a boca até chegar nas orelhas.

Assim, fantasiados de palhaços, vamos para a praça da feira. É lá que tem mais estabelecimentos comerciais e mais gente.

Começamos nosso espetáculo fazendo bastante barulho com a gaita de boca e com uma abóbora oca transformada em tambor. Quando há espectadores o bastante à nossa volta, fazemos malabarismos com tomates ou até mesmo com ovos. Os tomates são tomates de verdade, mas os ovos são ocos e estão cheios de areia fina. Como as pessoas não sabem, elas dão gritos de susto, riem, aplaudem quando fingimos salvar um por um triz.

Damos seguimento ao nosso espetáculo com truques de prestidigitação e terminamos com acrobacias.

Enquanto um de nós continua a dar estrelinhas e saltos mortais, o outro percorre o círculo dos espectadores caminhando com as mãos, o chapéu velho entre os dentes.

À noite vamos para as tabernas sem as fantasias.

Em pouco tempo conhecemos todas as tabernas da cidade, as adegas onde os produtores vendem o próprio vinho, os bares onde se bebe de pé, os cafés onde vão as pessoas bem arrumadas e alguns oficiais à procura de garotas.

As pessoas que bebem dão dinheiro com facilidade. Elas também fazem confidências com facilidade. Passamos a conhecer todos os tipos de segredos sobre todos os tipos de pessoas.

Com frequência nos oferecem alguma bebida e pouco a pouco nos acostumamos com o álcool. Também fumamos os cigarros que nos dão.

Fazemos bastante sucesso em todos os lugares. Acham que temos uma voz bonita. Nos aplaudem e pedem bis diversas vezes.

Teatro

Às vezes, se as pessoas estão atentas, nem bêbadas demais, nem muito barulhentas, nós apresentamos para elas uma das nossas pequenas peças de teatro, por exemplo, a *História do pobre e do rico*.

Um de nós faz o pobre; o outro, o rico.

O rico está sentado à mesa, fumando. Entra o pobre:

— Terminei de rachar a sua lenha, senhor.

— Que bom. O exercício faz um grande bem. O senhor está com uma ótima aparência. Suas bochechas estão bem coradas.

— Estou com as mãos congeladas, senhor.

— Venha até aqui! Deixe eu ver! Mas que nojo! As suas mãos estão cheias de fissuras e furúnculos.

— São frieiras, senhor.

— Vocês pobres estão o tempo todo com umas doenças repugnantes. Vocês são sujos, esse é o problema de vocês. Pegue aí, isso é pelo seu trabalho.

Ele joga um maço de cigarros para o pobre, que acende um e começa a fumar. Mas não há nenhum cinzeiro ali onde ele está, perto da porta, e ele não se atreve a se aproximar da mesa. Então ele bate as cinzas do cigarro na palma da mão. O rico, que gostaria que o pobre fosse embora, finge não ver que o homem está precisando de um cinzeiro. Mas o pobre não quer sair dali imediatamente porque está com fome. Ele diz:

— Cheira bem a sua casa, senhor.

— Cheira a limpeza.

— Cheira também a sopa quente. Eu ainda não comi nada hoje.

— Pois devia. Quanto a mim, eu hoje vou jantar no restaurante, pois dei folga para o meu cozinheiro.

O pobre funga:

— Porém cheira a uma boa sopa quente aqui.

O rico grita:

— Não tem como cheirar a sopa na minha casa! Ninguém está fazendo sopa na minha casa! Deve estar vindo dos vizinhos, ou então está cheirando a sopa na sua imaginação! Vocês pobres só sabem pensar no próprio estômago, é por isso que nunca têm dinheiro. Vocês gastam tudo o que ganham em sopa e salame. Vocês são uns porcos, é isso o que vocês são, e agora o senhor está sujando o meu parquê com as cinzas do seu cigarro! Saia daqui e não apareça nunca mais na minha frente!

O rico abre a porta e dá um chute no pobre, que cai estatelado na calçada.

O rico fecha a porta, senta diante de um prato de sopa e diz, juntando as mãos:

— Obrigado, Senhor Jesus, por todas as suas graças.

Os alertas

Quando chegamos à casa da Avó, havia pouquíssimos alertas na Cidade Pequena. Agora eles são cada vez mais frequentes. As sirenes começam a berrar a qualquer hora do dia ou da noite, exatamente como na Cidade Grande. As pessoas correm para se abrigar, se refugiam nos porões. Nessas horas as ruas ficam desertas. Às vezes as portas das casas e das lojas permanecem abertas. Nós aproveitamos a ocasião para entrar e pegar tranquilamente o que quisermos.

Nós nunca nos refugiamos no nosso porão. A Avó também não. Durante o dia seguimos com as nossas atividades; durante a noite continuamos a dormir.

Na maior parte das vezes, os aviões estão só atravessando nossa cidade para ir bombardear do outro lado da fronteira. Mas pode acontecer de uma bomba cair sobre uma casa. Nesse caso nós identificamos o local pela direção da fumaça e vamos ver o que foi destruído. Se sobrou alguma coisa para pegar, nós pegamos.

Reparamos que as pessoas que se encontram no porão de uma casa bombardeada sempre estão mortas. Por outro lado, a chaminé da casa quase sempre continua de pé.

Pode acontecer também de um avião fazer um ataque de mergulho para metralhar pessoas no campo ou na rua.

O ordenança nos ensinou que precisamos estar atentos quando o avião avança na nossa direção, mas que, assim que ele está acima da nossa cabeça, o perigo já passou.

Por causa dos alertas é proibido acender lâmpadas à noite antes de estar com as janelas completamente tapadas. A Avó considera mais prático simplesmente não acender nada. As patrulhas fazem a ronda a noite toda para garantir o respeito ao regulamento.

Durante uma refeição nós falamos de um avião que vimos cair em chamas. Vimos também o piloto saltar de paraquedas.

— Não sabemos que fim levou esse piloto inimigo.

A Avó diz:

— Inimigo? Eles são amigos, são nossos irmãos. Eles vão chegar em breve.

Um dia estamos andando por aí durante um alerta. Um homem apavorado vem correndo até nós:

— Vocês não podem ficar aqui fora durante os bombardeios.

Ele nos puxa pelo braço na direção de uma porta:

— Entrem, entrem aí.

— Nós não queremos.

— É um abrigo. Vocês vão estar em segurança.

Ele abre a porta e nos empurra na frente dele. O porão está cheio de gente. Reina um silêncio total. As mulheres apertam seus filhos com força contra elas.

De repente, em algum lugar, bombas explodem. As explosões se aproximam. O homem que nos trouxe para o porão se joga em cima da pilha de carvão que há num canto e tenta se esconder ali.

Algumas mulheres soltam um riso de desprezo. Uma mulher de idade diz:

— Os nervos dele estão em curto-circuito. Ele está de licença por causa disso.

De súbito começamos a ter dificuldade para respirar. Abrimos a porta do porão; uma mulher grande e gorda nos puxa com força, fecha a porta. Ela grita:

— Vocês estão loucos? Vocês não podem sair agora.

Nós dizemos:

— As pessoas sempre morrem nos porões. Nós queremos sair.

A mulher gorda bloqueia a porta. Ela nos mostra sua braçadeira da Proteção Civil.

— Sou eu que mando aqui! Vocês vão ficar!

Afundamos nossos dentes nos seus antebraços carnudos, enchemos as canelas dela de chutes. Ela grita, tenta bater em nós. As pessoas acham graça. Então ela diz, vermelha de raiva e de vergonha:

— Vão! Caiam fora daqui! Vão morrer lá fora! Não vai ser nenhuma grande perda.

Do lado de fora, respiramos. É a primeira vez que sentimos medo.

A chuva de bombas continua.

O rebanho humano

Viemos buscar nossa roupa limpa na casa paroquial. Estamos comendo torradinhas com a criada na cozinha. Ouvimos gritos que vêm da rua. Largamos nossas torradinhas e saímos. As pessoas estão em frente às suas portas; elas olham na direção da estação ferroviária. Crianças empolgadas correm aos gritos:
— Estão chegando! Estão chegando!
Na curva da rua aparece um jipe militar com oficiais estrangeiros. O jipe avança devagar, seguido por militares que carregam seus fuzis a tiracolo. Atrás deles, uma espécie de rebanho humano. Crianças como nós. Mulheres como nossa Mãe. Velhos como o sapateiro.

Eles são duzentos ou trezentos e estão avançando, cercados por soldados. Algumas mulheres carregam seus filhos pequenos nas costas, nos ombros ou apertados com força contra o peito. Uma entre elas cai; algumas mãos levantam a criança e a mãe e as ajudam, pois um soldado já está apontando seu fuzil.

Ninguém fala, ninguém chora. Os olhos estão fixos no chão. Ouve-se apenas o som das botas com pregos dos soldados.

Bem na nossa frente, um braço magro sai da multidão, uma mão suja se estende, uma voz pede:
— Pão.

A criada, sorridente, faz o gesto de oferecer o resto da sua torradinha; ela a aproxima da mão estendida e depois, com uma gargalhada, leva o pedaço de pão de volta à boca, dá uma mordida e diz:

— Eu também estou com fome!

Um soldado que viu tudo dá um tapa nas nádegas da criada. Ele belisca a bochecha dela e ela fica acenando para ele com seu lenço até que nós não vemos mais do que uma nuvem de poeira ao pôr do sol.

Voltamos para dentro. Da cozinha vemos o pároco ajoelhado diante do grande crucifixo do quarto dele.

A criada diz:

— Terminem as torradinhas.

Nós dizemos:

— Não estamos mais com fome.

Vamos até o quarto. O pároco se vira:

— Vocês querem rezar comigo, meus filhos?

— Nós nunca rezamos, o senhor sabe muito bem disso. Nós queremos entender.

— Vocês não são capazes de entender. Vocês ainda são muito novos.

— Mas o senhor não é muito novo. É por isso que nós estamos perguntando: quem são essas pessoas? Para onde elas estão sendo levadas? Por quê?

O pároco levanta, vem até nós. Ele diz, fechando os olhos:

— Os caminhos do Senhor são inescrutáveis.

Ele abre os olhos, põe as mãos sobre nossas cabeças:

— É lamentável que vocês tenham sido forçados a assistir um espetáculo como esse. Vocês estão com todo o corpo tremendo.

— O senhor também, Senhor Pároco.

— Sim, eu sou velho, eu tremo.

— E nós estamos com frio. Nós viemos sem camisa. Vamos vestir uma das camisas que a sua criada lavou.

Vamos até a cozinha. A criada nos entrega nosso pacote de roupas limpas. Cada um de nós pega dali uma camisa. A criada diz:

— Vocês são sensíveis demais. O melhor a fazer é esquecer o que vocês viram.

— Nós nunca esquecemos nada.

Ela vai nos empurrando até a saída:

— Vamos, fiquem calmos! Isso aí não tem nada a ver com vocês. Nunca vai acontecer com vocês. Aquelas pessoas lá são como bichos.

As maçãs da Avó

Da casa paroquial vamos correndo para a casa do sapateiro. Os vidros da janela estão quebrados; a porta foi arrombada. Ali dentro está tudo revirado. Há palavras indecentes escritas nas paredes.

Uma mulher velha está sentada num banco em frente à casa vizinha. Perguntamos para ela:

— O sapateiro foi embora?

— Faz um bocado de tempo, pobre do homem.

— Ele não estava entre aqueles que atravessaram a cidade hoje?

— Não, os de hoje vieram de fora. Em vagões de gado. Ele foi morto aqui mesmo, na oficina dele, com as próprias ferramentas. Não fiquem preocupados. Deus vê tudo. Ele vai reconhecer os Seus.

Quando chegamos em casa, encontramos a Avó deitada de costas, as pernas afastadas, diante do portão do jardim, com um monte de maçãs espalhadas ao redor dela.

A Avó não se mexe. Sua testa está sangrando.

Corremos para a cozinha, molhamos um pano, pegamos aguardente na prateleira. Colocamos o pano molhado sobre a testa da Avó, despejamos um pouco de aguardente na sua boca. Passado algum tempo, ela abre os olhos. Ela diz:

— Mais!

Despejamos mais um pouco de aguardente na sua boca.

Ela se ergue, escorando-se nos cotovelos, e começa a gritar:

— Peguem as maçãs! O que é que vocês estão esperando para pegar as maçãs, seus filhos de uma cadela?!

Nós recolhemos as maçãs da poeira da estrada. Colocamos tudo no avental dela.

O pano caiu da testa da Avó. O sangue escorre sobre os olhos dela. Ela seca com a ponta do lenço.

Nós perguntamos:

— A senhora está com dor, Avó?

Ela ri com escárnio:

— Não vai ser uma coronhada que vai me matar.

— O que foi que aconteceu, Avó?

— Nada. Eu estava colhendo maçãs. Vim até aqui na frente do portão para ver o cortejo. O meu avental escapou de mim. As maçãs caíram, saíram rolando pela estrada, bem na direção do cortejo. Isso não é motivo para te darem uma paulada.

— Quem deu uma paulada na senhora, Avó?

— Quem mais poderia ser? Vocês por acaso são idiotas? Também bateram neles. Distribuíram pauladas para tudo que era lado. Pelo menos alguns conseguiram comer as minhas maçãs!

Ajudamos a Avó a levantar. Nós a levamos para dentro da casa. Ela começa a descascar as maçãs para fazer compota, mas cai, e nós a carregamos para a cama. Tiramos os sapatos dela. Seu lenço escorrega;

um crânio completamente careca aparece. Ajeitamos o lenço na cabeça dela. Ficamos bastante tempo ao lado da cama, seguramos suas mãos, observamos sua respiração.

O policial

Estamos tomando nosso café da manhã com a Avó. Um homem entra na cozinha sem bater. Ele mostra sua identificação de policial.

Imediatamente a Avó começa a gritar:

— Não quero saber de polícia aqui na minha casa! Eu não fiz nada!

O policial diz:

— Não, nada, nunca. Só um veneninho aqui e outro ali.

A Avó diz:

— Nunca provaram nada. Vocês não têm nada contra mim.

O policial diz:

— Se acalme, Avó. Ninguém vai desenterrar os mortos. Já dá um trabalho danado ter que enterrar.

— Então o que é que o senhor quer?

O policial olha para nós e diz:

— A fruta não cai longe do pé.

A Avó também olha para nós:

— Assim espero. O que foi que vocês fizeram dessa vez, seus filhos de uma cadela?

O policial pergunta:

— Onde vocês estavam ontem à noite?

Nós respondemos:

— Aqui.

— Vocês não estavam por aí metidos nas tabernas, como de costume?

— Não. Nós ficamos aqui porque a Avó sofreu um acidente.

A Avó diz imediatamente:

— Eu caí quando estava descendo para o porão. Os degraus estão cobertos de musgo, eu escorreguei. Bati a cabeça. Os meninos me trouxeram para cima, cuidaram de mim. Eles ficaram aqui comigo a noite toda.

O policial diz:

— A senhora está com um galo bem feio, estou vendo. Tem que ter cuidado redobrado na sua idade. Bom. Nós vamos revistar a casa. Venham vocês três. Vamos começar pelo porão.

A Avó abre a porta do porão; nós descemos. O policial tira tudo do lugar, os sacos, os galões, as cestas, a pilha de batatas.

A Avó pergunta para nós em voz baixa:

— Ele está procurando o quê?

Nós encolhemos os ombros.

Depois do porão o policial revista a cozinha. Depois a Avó tem que abrir o quarto dela. O policial desarruma a cama. Não tem nada na cama, nem no colchão de palha, só um pouco de dinheiro debaixo do travesseiro.

Diante da porta do quarto do oficial, o policial pergunta:

— E aqui é o quê?

A Avó diz:

— É um quarto que eu alugo para um oficial estrangeiro. Eu não tenho a chave.

O policial olha para a porta do sótão:

— A senhora não tem uma escada?

A Avó diz:

— Está quebrada.

— E como é que a senhora sobe ali?

— Eu não subo. Só os meninos sobem ali.

O policial diz:

— Então vamos lá, meninos.

Nós escalamos até o sótão com o auxílio da corda. O policial abre o baú onde nós guardamos as coisas necessárias para os nossos estudos: Bíblia, dicionário, papel, lápis e o Grande Caderno, onde tudo está escrito. Mas o policial não veio para ler. Ele ainda inspeciona a pilha de roupas velhas e de cobertores, então descemos de volta. Uma vez no térreo, o policial dá uma olhada ao redor e diz:

— Eu obviamente não tenho como revirar todo o jardim. Bom. Venham comigo.

Ele nos leva para a floresta, à beira do enorme buraco onde nós tínhamos encontrado um cadáver. O cadáver não está mais ali. O policial pergunta:

— Vocês já estiveram aqui?

— Não. Nunca. Nós teríamos medo de vir assim tão longe.

— Vocês nunca viram esse buraco, nem um soldado morto?

— Não, nunca.

— Quando encontramos esse soldado morto, estavam faltando o fuzil, os cartuchos, as granadas.

Nós dizemos:

— Esse soldado devia ser muito distraído e negligente para ter perdido todas essas coisas indispensáveis para um militar.

O policial diz:

— Ele não perdeu. Elas foram roubadas depois da morte dele. Vocês, que vêm bastante aqui na floresta, por acaso não teriam alguma ideia sobre esse assunto?

— Não. Nenhuma ideia.

— No entanto, alguém levou aquele fuzil, aqueles cartuchos, aquelas granadas.

Nós dizemos:

— E quem se atreveria a encostar em coisas tão perigosas?

O interrogatório

Estamos na sala do policial. Ele senta junto a uma mesa, nós ficamos de pé diante dele. Ele pega papel, um lápis. Está fumando. Ele nos faz perguntas:

— Desde quando vocês conhecem a criada da casa paroquial?

— Desde a primavera.

— Onde conheceram ela?

— Na casa da Avó. Ela tinha ido buscar batatas.

— Vocês fornecem lenha para a casa paroquial. Quanto vocês recebem por isso?

— Nada. Nós levamos lenha para a casa paroquial para agradecer à criada que lava as nossas roupas.

— Ela é legal com vocês?

— Muito legal. Ela faz torradinhas, corta as nossas unhas e cabelos, prepara o nosso banho.

— Como uma mãe, em resumo. E o Senhor Pároco, ele é legal com vocês?

— Muito legal. Ele nos empresta livros e ensina um monte de coisas para nós.

— Quando foi a última vez que vocês levaram lenha para a casa paroquial?

— Faz cinco dias. Terça de manhã.

O policial caminha pela sala. Ele fecha as cortinas e acende a luminária da escrivaninha. Pega duas

cadeiras e nos faz sentar. Direciona a luz da luminária para o nosso rosto:
— Vocês gostam bastante da criada?
— Sim, bastante.
— E vocês sabem o que aconteceu com ela?
— Aconteceu alguma coisa com ela?
— Sim. Uma coisa terrível. Hoje pela manhã, como de costume, ela estava acendendo o fogo, e o fogão da cozinha explodiu. Foi tudo direto no rosto dela. Ela está no hospital.

O policial para de falar. Nós ficamos quietos. Ele diz:
— Vocês não vão dizer nada?

Nós dizemos:
— Uma explosão direto no rosto inevitavelmente leva a pessoa para o hospital, e às vezes para o necrotério. Foi sorte ela não ter morrido.
— Ela vai ficar desfigurada para sempre!

Nós ficamos calados. O policial também. Ele fica olhando para nós. Nós ficamos olhando para ele. Ele diz:
— Vocês não estão com uma cara lá muito triste.
— A gente está feliz que ela esteja viva. Depois de um acidente desses!
— Não foi um acidente. Alguém escondeu um explosivo no meio da lenha. Um cartucho proveniente de um fuzil militar. Nós encontramos o estojo.

Nós perguntamos:
— Por que alguém faria uma coisa dessas?
— Para matar. Ou ela, ou o Senhor Pároco.

Nós dizemos:

— As pessoas são cruéis. Elas gostam de matar. Foi a guerra que ensinou isso para elas. E tem explosivos perdidos por tudo quanto é lado.

O policial começa a gritar:

— Parem de conversa fiada! São vocês quem fornecem lenha para a casa paroquial! São vocês que ficam vadiando o dia todo pela floresta! São vocês que despojam os cadáveres! Vocês são capazes de qualquer coisa! Isso está no sangue de vocês! A Avó de vocês também tem um assassinato nas costas. Ela envenenou o marido. Ela usou veneno; vocês, explosivos! Confessem, seus trastezinhos! Confessem! Foram vocês!

Nós dizemos:

— Nós não somos os únicos a fornecer lenha para a casa paroquial.

Ele diz:

— É verdade. Tem o velho também. Eu já interroguei ele.

Nós dizemos:

— Qualquer pessoa pode esconder um cartucho numa pilha de lenha.

— Sim, mas não é qualquer pessoa que consegue ter cartuchos. Estou pouco me lixando para a criada de vocês! O que eu quero saber é: onde estão os cartuchos? Onde estão as granadas? Onde está o fuzil? O velho confessou tudo. Eu interroguei ele tão bem que ele confessou tudo. Mas ele não conseguiu me mostrar onde estavam os cartuchos, as granadas, o fuzil. Não é ele o culpado. Foram vocês! Vocês sabem onde estão os cartuchos, as granadas, o fuzil. Vocês sabem e vocês vão me dizer!

Não respondemos. O policial bate. Com as duas mãos. A torto e a direito. Nós sangramos pelo nariz e pela boca.

— Confessem!

Nós ficamos calados. Ele fica completamente branco, ele bate e bate de novo. Nós caímos das nossas cadeiras. Ele nos dá chutes nas costelas, nos rins, no estômago.

— Confessem! Confessem! Foram vocês! Confessem!

Não conseguimos mais abrir os olhos. Não ouvimos mais nada. Nosso corpo está inundado de suor, de sangue, de urina, de excrementos. Perdemos os sentidos.

Na cadeia

Estamos deitados no chão de terra batida de uma cela. Por uma janelinha com barras de ferro penetra um pouco de luz. Mas não sabemos que horas são, nem mesmo se é de manhã ou de tarde.

Estamos com dor por todo o corpo. Qualquer mínimo movimento nos faz mergulhar de novo numa semi-inconsciência. Nossa visão está enfumaçada, nossos ouvidos zunem, nossa cabeça ressoa. Estamos com uma sede terrível. Nossa boca está seca.

Passam-se horas assim. Nós não falamos. Mais tarde, o policial entra, pergunta para nós:

— Vocês estão precisando de alguma coisa?

Nós dizemos:

— Algo para beber.

— Falem. Confessem. E vocês vão ter algo para beber, para comer, tudo o que vocês quiserem.

Não respondemos. Ele pergunta:

— Vovô, o senhor quer comer alguma coisa?

Ninguém responde. Ele sai.

Entendemos que não estamos sozinhos na cela. Com cuidado, levantamos um pouco a cabeça e vemos um velhinho deitado, encolhido num canto. Lentamente rastejamos até ele, encostamos nele. Está rígido e frio. Ainda rastejando, voltamos para nosso lugar perto da porta.

Já é noite quando o policial volta com uma lanterna. Ele ilumina o velhinho, diz para ele:

— Durma bem. Amanhã de manhã o senhor vai poder voltar para casa.

Ele também nos ilumina direto no rosto, um de cada vez:

— Nada a dizer ainda? Para mim tanto faz. Eu tenho tempo. Ou vocês falam ou vão morrer aqui.

Mais tarde naquela noite, a porta se abre de novo. O policial, o ordenança e o oficial estrangeiro entram. O oficial se inclina na nossa direção. Ele diz para o ordenança:

— Telefone para a base e peça uma ambulância!

O ordenança sai. O oficial examina o velhinho. Ele diz:

— Bateu nele até morrer!

Ele se volta para o policial:

— Você vai pagar caro por isso, seu verme! Se você soubesse o quão caro vai pagar por tudo isso!

O policial pergunta para nós:

— O que foi que ele disse?

— Ele disse que o velhinho está morto e que o senhor vai pagar caro por isso, seu verme!

O oficial faz um carinho na nossa testa:

— Meus pequenos, meus garotinhos. Ele teve a audácia de machucar vocês, esse porco nojento!

O policial diz:

— O que que ele vai fazer comigo? Digam pra ele, eu tenho filhos... Eu não sabia... Ele é o pai de vocês ou o quê?

Nós dizemos:

— Ele é nosso tio.

— Vocês deviam ter me dito. Eu não tinha como saber. Por favor, me perdoem. O que que eu posso fazer para...

Nós dizemos:

— Comece a rezar.

O ordenança chega com outros soldados. Somos colocados em macas e levados para a ambulância. O oficial senta ao nosso lado. O policial, cercado por vários soldados, é levado no jipe dirigido pelo ordenança.

Na base militar um médico nos examina imediatamente numa enorme sala branca. Ele desinfeta nossas feridas, nos dá injeções para dor e para tétano. Também faz radiografias nossas. Não temos nada quebrado, a não ser alguns dentes, mas são dentes de leite.

O ordenança nos leva de volta para a casa da Avó. Ele nos coloca deitados na cama grande do oficial e se acomoda sobre um cobertor, ao lado da cama. De manhã ele vai procurar a Avó, que nos traz leite quente na cama.

Quando o ordenança vai embora, a Avó nos pergunta:

— Vocês confessaram?

— Não, Avó. Nós não tínhamos nada para confessar.

— Era o que eu pensava. E o policial, que fim levou?

— Não sabemos. Mas ele certamente não vai voltar nunca mais.

A Avó ri com escárnio:

— Deportado ou fuzilado, hein? Aquele porco! Vamos comemorar. Vou esquentar o frango de ontem. Eu também não comi nada.

Ao meio-dia nós nos levantamos e vamos comer na cozinha.

Durante a refeição, a Avó diz:

— Fico me perguntando por que vocês quiseram matar ela. Mas vocês tinham as razões de vocês, imagino.

O senhor de idade

Logo após o jantar, um senhor de idade chega com uma menina maior do que nós.

A Avó pergunta para ele:

— O que o senhor quer?

O senhor de idade diz um nome e a Avó nos diz:

— Saiam. Vão dar uma volta no jardim.

Nós saímos. Contornamos a casa e sentamos sob a janela da cozinha. Ficamos escutando. O senhor de idade diz:

— Tenha compaixão.

A Avó responde:

— Como é que o senhor pode me pedir uma coisa dessas?

O senhor de idade diz:

— A senhora conhecia os pais dela. Eles a confiaram a mim antes de serem deportados. Eles me deram o seu endereço, caso ela não estivesse mais em segurança comigo.

A Avó pergunta:

— O senhor sabe o risco que eu corro?

— Sim, sei. Mas é a vida dela que está em jogo.

— Eu tenho um oficial estrangeiro aqui em casa.

— Justamente. Ninguém vai vir atrás dela aqui. É só dizer que ela é sua neta, prima dos dois meninos.

— Todo mundo sabe que eu não tenho nenhum outro neto além desses dois.

— A senhora pode dizer que ela é da família do seu genro.

A Avó ri com escárnio:

— Esse daí eu nunca vi na vida!

Depois de um longo silêncio, o senhor de idade prossegue:

— Só estou pedindo para alimentar a garotinha por alguns meses. Até o fim da guerra.

— A guerra ainda pode durar anos.

— Não, ela não vai se estender muito mais.

A Avó começa a choramingar:

— Eu sou apenas uma pobre velha que se mata de trabalhar. Como é que eu vou poder alimentar tantas bocas?

O senhor de idade diz:

— Aqui está todo o dinheiro que os pais dela tinham. E as joias da família. É tudo seu, se a senhora salvá-la.

Pouco depois, a Avó nos chama:

— Essa aqui é a prima de vocês.

Nós dizemos:

— Sim, Avó.

O senhor de idade diz:

— Vocês três vão brincar juntos, não vão?

Nós dizemos:

— Nós nunca brincamos.

Ele pergunta:

— E vocês fazem o que então?

— Nós trabalhamos, estudamos, fazemos exercícios.

Ele diz:

— Entendo. Vocês são homens sérios. Vocês não têm tempo para brincar. Mas vocês vão cuidar da prima de vocês, não vão?

— Sim, senhor. Nós vamos cuidar dela.

— Agradeço muito.

Nossa prima diz:

— Eu sou maior que vocês.

Nós respondemos:

— Mas nós somos dois.

O senhor de idade diz:

— Vocês têm razão. Dois são muito mais fortes do que um. E vocês não vão esquecer de chamá-la de *prima*, vão?

— Não, senhor. Nós nunca esquecemos nada.

— Confio em vocês.

Nossa prima

Nossa prima é cinco anos mais velha do que nós. Os olhos dela são pretos. O cabelo dela é ruivo por causa de um produto chamado hena.

A Avó nos diz que nossa prima é filha da irmã do nosso Pai. Nós dizemos a mesma coisa para aqueles que perguntam sobre nossa prima.

Sabemos que nosso Pai não tem irmã. Mas também sabemos que, sem essa mentira, a vida da nossa prima estaria em perigo. Além disso, prometemos para o senhor de idade que cuidaríamos dela.

Depois da partida do senhor de idade, a Avó diz:
— A prima vai dormir junto com vocês na cozinha.
Nós dizemos:
— Não tem mais espaço na cozinha.
A Avó diz:
— Se virem.
Nossa prima diz:
— Eu posso dormir embaixo da mesa, no chão, se vocês me derem um cobertor, sem problema nenhum.
Nós dizemos:
— Pode dormir no banco e ficar com os cobertores. Nós vamos dormir no sótão. Não está mais tão frio.
Ela diz:
— Então eu durmo no sótão com vocês.

— Não queremos você. Você não deve pôr os pés no sótão nunca.

— Por quê?

Nós dizemos:

— Você tem um segredo. Nós também temos um. Se você não respeitar o nosso, nós não vamos respeitar o seu.

Ela pergunta:

— Vocês seriam capazes de me denunciar?

— Se você subir no sótão, está morta. Ficou claro?

Ela fica olhando para nós em silêncio, depois diz:

— Entendi. Vocês são dois trastezinhos completamente doidos. Eu nunca vou subir na porcaria do sótão de vocês, prometo.

Ela mantém a promessa, nunca sobe no sótão. Mas nos outros lugares ela nos incomoda o tempo inteiro.

Ela diz:

— Me tragam umas framboesas.

Nós dizemos:

— Vai buscar você mesma no jardim.

Ela diz:

— Parem de ler em voz alta. Vocês estão machucando os meus ouvidos.

Nós continuamos a ler.

Ela pergunta:

— O que vocês estão fazendo aí, deitados no chão sem se mexer faz horas?

Nós continuamos nosso exercício de imobilidade mesmo quando ela atira frutas podres em nós.

Ela diz:

— Parem de ficar calados, vocês torram a minha paciência!

Nós continuamos nosso exercício de silêncio sem responder para ela.

Ela pergunta:

— Por que vocês não estão comendo nada hoje?

— É o dia do nosso exercício de jejum.

Nossa prima não trabalha, não estuda, não faz exercícios. Ela olha com frequência para o céu, às vezes chora.

A Avó nunca bate na nossa prima. Também nunca a insulta. Não manda que ela trabalhe. Não pergunta nada para ela. Nunca fala com ela.

As joias

Na mesma noite da chegada da nossa prima, nós vamos dormir no sótão. Pegamos dois cobertores do quarto do oficial e colocamos um pouco de feno no chão. Antes de deitar, olhamos pelos buracos. Não tem ninguém no quarto do oficial. Tem luz no quarto da Avó, o que raramente acontece.

A Avó pegou o lampião a querosene da cozinha e pendurou na penteadeira. É um móvel antigo, com três espelhos. O do meio é fixo, os outros dois são móveis. Dá para mexê-los para se ver de perfil.

A Avó está sentada diante da penteadeira, se olhando no espelho. No topo da cabeça, sobre o lenço preto, ela colocou uma coisa brilhante. Tem vários colares pendurados no pescoço dela, os braços estão cheios de pulseiras, e os dedos, de anéis. Ela contempla a si mesma falando sozinha:

— Rica, rica. É fácil estar bonita com isso tudo. Fácil. O mundo dá voltas. São minhas agora essas joias. Minhas. É uma questão de justiça. E como brilham, como brilham.

Mais tarde, ela diz:

— E se eles voltarem? Se quiserem que eu devolva? Basta o perigo passar para eles esquecerem. Gratidão é uma coisa que eles não conhecem. Prometem mundos e fundos e depois... Não, não, eles já estão mortos.

Aquele senhor também vai morrer. Ele disse que eu podia ficar com tudo... Mas a pequena... Ela viu tudo, ouviu tudo. Ela vai querer tirar tudo de mim. Com certeza. Depois da guerra, ela vai querer de volta. Mas eu não quero, eu não posso devolver isso. Elas são minhas. Para sempre.

— Ela também tem que morrer. Assim, não vai ter provas. Se ninguém viu, não aconteceu. Sim, a pequena vai morrer. Vai acontecer algum acidente com ela. Um pouco antes do fim da guerra. Sim, o que precisa é um acidente. Nada de veneno. Não dessa vez. Um acidente. Afogamento no riacho. Segurar a cabeça dela embaixo d'água. Difícil. Empurrar da escada do porão. Não é alto o bastante. Veneno. Só sobrou veneno. Algo lento. Bem dosado. Uma doença que vai corroendo aos poucos durante meses. Não tem médicos. Muita gente morre assim, por falta de tratamento, durante a guerra.

A Avó ergue o punho, ameaça a própria imagem no espelho.

— Vocês não podem nada contra mim! Nada!

Ela ri com escárnio. Tira as joias e guarda num saco de lona; depois enfia o saco no colchão de palha. Ela se deita, nós também.

Na manhã seguinte, quando nossa prima sai da cozinha, dizemos à Avó:

— Avó, a gente quer dizer uma coisinha para a senhora.

— O que foi dessa vez?

— Escute bem, Avó. Nós prometemos para aquele senhor que cuidaríamos da nossa prima. Então não vai acontecer nada com ela. Nem acidente, nem doença. Nada. E com a gente também não.

Mostramos para ela um envelope fechado:

— Está tudo escrito aqui. Nós vamos dar essa carta para o Senhor Pároco. Se acontecer alguma coisa com qualquer um de nós três, ele vai abrir a carta. A senhora entendeu bem, Avó?

A Avó fica olhando para nós, com os olhos quase fechados. Ela respira bem fundo. Ela diz baixinho:

— Filhos de uma cadela, de uma puta e do diabo! Maldito seja o dia em que vocês nasceram!

À tarde, quando a Avó sai para trabalhar na sua vinha, nós revistamos seu colchão de palha. Não tem nada dentro dele.

Nossa prima e seu namorado

Nossa prima se torna séria, não nos incomoda mais. Ela se lava todos os dias na bacia grande comprada com o dinheiro que ganhamos nas tabernas. Ela lava o vestido com frequência e a calcinha também. Enquanto as roupas secam, ela se enrola numa toalha ou então fica deitada ao sol com a calcinha secando no corpo. Ela está bem morena. Seu cabelo chega até as nádegas. Às vezes ela deita de costas e esconde o peito com o cabelo.

Quando anoitece, ela vai para a cidade. Ela fica cada vez mais tempo na cidade. Uma noite nós a seguimos sem que ela perceba.

Perto do cemitério, ela se junta a um grupo de garotos e garotas, todos maiores do que nós. Eles ficam sentados embaixo das árvores, fumam. Também têm garrafas de vinho. Eles bebem direto no gargalo. Um deles fica de vigia na beira do caminho. Se alguém se aproxima, o que está vigiando começa a assobiar uma melodia conhecida e continua sentado tranquilamente. O grupo se dispersa e se esconde nos arbustos ou atrás das lápides. Quando o perigo passa, o vigia assobia outra melodia.

O grupo fala sobre a guerra em voz baixa e também sobre deserções, deportações, resistência, libertação.

Segundo eles, os militares estrangeiros que estão no nosso país e que se dizem nossos aliados são na verdade nossos inimigos, e aqueles que vão chegar em breve e vencer a guerra não são inimigos, mas, ao contrário, são os nossos libertadores.

Eles dizem:

— Meu pai passou para o outro lado. Ele vai voltar com eles.

— Meu pai desertou logo que a guerra foi declarada.

— Os meus pais se juntaram à resistência. Eu era muito pequeno para ir com eles.

— Os meus foram levados por esses desgraçados. Deportados.

— Você nunca mais vai ver os seus pais. Nem eu. Agora já estão todos mortos.

— Não dá para ter certeza. Vai ter sobreviventes.

— E os mortos a gente vai vingar.

— A gente era muito pequeno. Que pena. Não pudemos fazer nada.

— Vai terminar em breve. *Eles* vão chegar de uma hora para outra.

— Vamos esperar por eles na Praça Grande com flores.

Tarde da noite o grupo se dispersa. Cada um volta para sua casa.

Nossa prima sai com um garoto. Nós a seguimos. Eles entram nos becos estreitos do castelo, desaparecem atrás de um muro em ruínas. Não os vemos, mas conseguimos ouvir.

Nossa prima diz:

— Deita em cima de mim. Sim, assim. Me beija. Me beija.

O garoto diz:

— Como você é linda! Eu quero você.

— Eu também. Mas eu tenho medo. E se eu ficar grávida?

— Eu caso com você. Eu te amo. Vamos casar depois da Libertação.

— A gente é muito novo. Temos que esperar.

— Eu não aguento esperar.

— Para! Está me machucando. A gente não pode, a gente não pode, meu amor.

O garoto diz:

— É, tem razão. Mas me toca. Dá aqui sua mão. Me toca aqui, sim, assim. Vira. Eu quero te beijar aqui, aqui, enquanto você me toca.

Nossa prima diz:

— Não, não faz isso. Que vergonha. Ah! Continua, continua! Eu te amo, eu te amo tanto.

Nós voltamos para casa.

A bênção

Precisamos voltar à casa paroquial para devolver os livros que pegamos emprestado.

É de novo uma mulher velha que abre a porta para nós. Ela nos faz entrar, ela diz:

— O Senhor Pároco está esperando vocês.

O pároco diz:

— Sentem.

Nós colocamos os livros na escrivaninha dele. Sentamos.

O pároco fica olhando para nós por um tempo, depois diz:

— Eu estava esperando vocês. Faz um bom tempo que vocês não vêm aqui.

Nós dizemos:

— Nós queríamos terminar os livros. E estamos muito ocupados.

— E para o banho?

— Agora já temos tudo o que precisamos para nos lavar. A gente comprou uma bacia, sabonete, tesoura, escova de dentes.

— Com o quê? Com que dinheiro?

— Com o dinheiro que a gente ganha fazendo música nas tabernas.

— As tabernas são um lugar de perdição. Principalmente na idade de vocês.

Não respondemos. Ele diz:

— Vocês também não vieram mais buscar o dinheiro da cega. Agora já tem uma quantia considerável. Tomem.

Ele nos entrega o dinheiro. Nós dizemos:

— Pode ficar. O senhor já deu o suficiente. Nós pegamos o seu dinheiro quando era realmente necessário. Agora nós ganhamos dinheiro suficiente para dar um pouco para a Lábio Leporino. Também ensinamos ela a trabalhar. A gente ajuda a revolver a terra do jardim e a plantar batata, feijão, abóbora, tomate. Demos uns pintinhos para ela e uns coelhos para criar. Ela cuida do jardim e dos bichos dela. Não está mais mendigando. Ela não precisa mais do seu dinheiro.

O pároco diz:

— Então peguem esse dinheiro para vocês. Assim vocês não vão mais precisar trabalhar nas tabernas.

— A gente gosta de trabalhar nas tabernas.

Ele diz:

— Fiquei sabendo que vocês foram espancados, torturados.

Nós perguntamos:

— E a sua criada, que fim levou?

— Foi para o front cuidar dos feridos. Ela morreu.

Ficamos calados. Ele pergunta:

— Vocês querem me contar alguma coisa? Eu tenho a obrigação do segredo da confissão. Vocês não têm nada a temer. Se confessem.

Nós dizemos:

— Não temos nada para confessar.

— Vocês estão errados! Um crime desses é muito pesado de carregar. A confissão vai aliviar vocês. Deus perdoa todos aqueles que se arrependem sinceramente dos seus pecados.

Nós dizemos:

— Nós não nos arrependemos de nada. Não temos nada do que nos arrepender.

Depois de um longo silêncio ele diz:

— Eu vi tudo pela janela. O pedaço de pão... Mas a vingança pertence a Deus. Vocês não têm o direito de substituí-Lo.

Ficamos calados. Ele pergunta:

— Posso dar uma bênção?

— Se o senhor faz questão.

Ele coloca as mãos sobre a nossa cabeça:

— Deus Todo-Poderoso, abençoai esses meninos. Seja qual for o crime deles, perdoai. Ovelhas perdidas em um mundo abominável, eles próprios vítimas da nossa época pervertida, eles não sabem o que fazem. Eu imploro, salvai esses meninos, purificai suas almas na Vossa infinita bondade e misericórdia. Amém.

Então ele nos diz:

— Venham me ver de vez em quando, mesmo que não estejam precisando de nada.

A fuga

Da noite para o dia aparecem cartazes nos muros da cidade. Num cartaz há um velho deitado no chão, o corpo trespassado pela baioneta de um soldado inimigo. Em outro cartaz um soldado inimigo bate numa criança com outra criança, que ele está segurando pelos pés. Num outro um soldado inimigo puxa uma mulher pelo braço e com a outra mão rasga a blusa dela. A mulher está com a boca aberta e lágrimas escorrem dos seus olhos.

As pessoas que olham os cartazes ficam aterrorizadas.

A Avó acha graça, ela diz:

— É tudo mentira. Vocês não precisam ficar com medo.

As pessoas estão dizendo que a Cidade Grande caiu.

A Avó diz:

— Se eles atravessaram o Rio Grande, nada vai fazer eles pararem. Daqui a pouco eles vão estar aqui.

Nossa prima diz:

— E aí eu vou poder voltar para casa.

Um dia as pessoas dizem que o exército se rendeu, que é o armistício e que a guerra acabou. No dia seguinte as pessoas dizem que há um novo governo e que a guerra continua.

Muitos soldados estrangeiros chegam de trem ou de caminhão. Soldados do nosso país também. São muitos os feridos. Quando as pessoas interrogam os soldados do nosso país, eles respondem que não sabem de nada. Eles atravessam a cidade. Vão para o outro país pela estrada que passa ao lado do campo.

As pessoas dizem:

— Eles estão fugindo. É a debandada.

Outras dizem:

— Eles estão recuando. Estão se reagrupando do lado de lá da fronteira. É aqui que eles vão detê-los. Nunca que eles vão deixar o inimigo cruzar a fronteira.

A Avó diz:

— Vamos só ver.

Muitas pessoas passam na frente da casa da Avó. Elas também estão indo para o outro país. Elas dizem que temos que deixar nosso país para sempre, porque o inimigo está chegando e ele vai se vingar. Ele vai escravizar nosso povo.

Tem pessoas fugindo a pé, com um saco pendurado no ombro, outras empurrando suas bicicletas carregadas com os mais diversos objetos: uma colcha, um violino, um leitão dentro de uma gaiola, panelas. Outras estão empoleiradas em carroças puxadas por cavalos: estão levando todos os seus móveis.

A maior parte delas é da nossa cidade, mas algumas vêm de mais longe.

Certa manhã o ordenança e o oficial estrangeiro vêm se despedir de nós.

O ordenança diz:

— Tudo ferrado. Mas melhor vencido que morto.

Ele acha graça. O oficial coloca um disco no gramofone; nós ficamos ouvindo em silêncio, sentados na cama grande. O oficial nos aperta com força contra ele, ele chora.

— Eu nunca mais vou ver vocês.

Nós dizemos para ele:

— O senhor vai ter seus próprios filhos.

— Eu não quero.

Ele acrescenta, apontando para os discos, para o gramofone:

— Fiquem com isso para lembrarem de mim. Mas o dicionário não. Vocês vão ter que aprender uma outra língua.

A vala comum

Uma noite, nós ouvimos explosões, tiroteios, rajadas de metralhadoras. Saímos de casa para ver o que está acontecendo. Há um incêndio enorme exatamente onde fica o campo. Nós ficamos achando que o inimigo chegou; mas no dia seguinte a cidade está silenciosa e tudo o que se ouve é o retumbar distante dos canhões.

No final da estrada que leva para a base já não há nenhum sentinela. Uma fumaça espessa com um cheiro repugnante sobe para o céu. Decidimos ir até lá para ver.

Entramos no campo. Está vazio. Não tem ninguém em parte nenhuma. Algumas construções ainda estão pegando fogo. O fedor é insuportável. Nós tapamos o nariz e seguimos em frente mesmo assim. Uma cerca de arame farpado nos impede de continuar. Nós subimos numa torre de observação. Conseguimos ver um espaço amplo no qual se erguem quatro enormes piras negras. Percebemos uma abertura, uma brecha na cerca. Descemos da torre de observação, encontramos a entrada. É um grande portão de ferro, está aberto. Em cima dele, está escrito, em língua estrangeira: CAMPO DE TRÂNSITO. Nós entramos.

As piras negras que vimos lá do alto são cadáveres carbonizados. Alguns queimaram totalmente, só o que resta são os ossos. Outros estão apenas chamuscados. Há muitos assim. Grandes e pequenos. Adultos e crianças. Nós achamos que primeiro eles mataram, depois empilharam e encharcaram com gasolina, para então atear fogo.

Vomitamos. Saímos do campo correndo. Voltamos para casa. A Avó nos chama para comer, mas nós vomitamos de novo.

A Avó diz:

— Vocês andaram comendo alguma porcaria.

Nós dizemos:

— Sim, maçãs verdes.

Nossa prima diz:

— O campo incendiou. A gente devia ir lá olhar. Com certeza não tem mais ninguém.

— A gente já foi lá. Não tem nada de interessante.

A Avó ri com escárnio:

— Os heróis não esqueceram nada? Levaram tudo com eles? Não deixaram nada de útil? Vocês olharam direito?

— Sim, Avó. A gente olhou direito. Não tem nada.

Nossa prima sai da cozinha. Nós vamos atrás dela. Perguntamos:

— Onde você vai?

— Para a cidade.

— Já? Normalmente, você só vai lá de noite.

Ela sorri:

— Sim, mas eu estou esperando uma pessoa. Ouçam!

Nossa prima sorri de novo para nós, depois sai correndo na direção da cidade.

Nossa Mãe

Estamos no jardim. Um jipe militar para na frente da casa. Nossa Mãe desembarca, seguida por um oficial estrangeiro. Atravessam o jardim quase correndo. Nossa Mãe está segurando um bebê no colo. Ela nos vê, ela grita:

— Venham! Venham rápido para o jipe. Nós estamos indo. Ligeiro. Deixem as coisas de vocês e venham!

Nós perguntamos:

— De quem é esse bebê?

Ela diz:

— É a irmãzinha de vocês. Venham! Não temos tempo a perder.

Nós perguntamos:

— Onde a gente vai?

— Para o outro país. Parem de fazer perguntas e venham.

Nós dizemos:

— A gente não quer ir para lá. Queremos ficar aqui.

Nossa Mãe diz:

— Eu sou obrigada a ir para lá. E vocês vão comigo.

— Não. Nós vamos ficar aqui.

A Avó sai da casa. Ela diz para nossa Mãe:

— O que é que você está fazendo aqui? O que você está segurando nos braços?

Nossa Mãe diz:

— Eu vim buscar os meus filhos. Eu vou enviar dinheiro para a senhora, mãe.

A Avó diz:

— Eu não quero nada com o seu dinheiro. E não vou devolver os meninos.

Nossa Mãe pede para o oficial nos levar à força. Nós subimos rápido para o sótão pela corda. O oficial tenta nos segurar, mas nós damos vários chutes na cara dele. O oficial prageja. Nós puxamos a corda para cima.

A Avó ri com escárnio:

— Está vendo? Eles não querem ir com você.

Nossa Mãe grita bem alto:

— Eu ordeno que vocês desçam daí imediatamente!

A Avó diz:

— Eles nunca obedecem ordens.

Nossa Mãe começa a chorar:

— Venham, meus amores. Eu não posso partir sem vocês.

A Avó diz:

— Esse bastardo estrangeiro já não é suficiente?

Nós dizemos:

— Nós estamos bem aqui, Mãe. Pode ir tranquila. Nós estamos muito bem na casa da Avó.

Ouvem-se disparos de canhões e de metralhadoras. O oficial segura nossa Mãe pelos ombros e puxa em direção ao carro. Mas a Mãe se solta:

— São meus filhos, quero eles comigo! Eu amo eles!

A Avó diz:

— Pois eu preciso deles. Eu sou velha. Você ainda pode fazer outros. A prova está aí!

A Mãe diz:

— Eu imploro, não segure eles.

A Avó diz:

— Eu não estou segurando ninguém. Vamos, meninos, desçam daí de uma vez e vão embora com a mamãe de vocês.

Nós dizemos:

— Nós não queremos ir embora. Nós queremos ficar com a senhora, Avó.

O oficial segura nossa Mãe nos braços, mas ela o afasta. O oficial vai sentar no jipe e dá a partida no motor. Neste exato momento acontece uma explosão no jardim. Logo depois vemos nossa Mãe caída no chão. O oficial corre até ela. A Avó quer nos afastar. Ela diz:

— Não olhem! Entrem em casa!

O oficial prageja, corre para o jipe e vai embora em disparada.

Ficamos olhando para nossa Mãe. As tripas estão saindo pela barriga. Ela está toda vermelha. A bebê também. A cabeça da nossa Mãe pende sobre o buraco aberto pelo obus. Seus olhos estão abertos e ainda molhados de lágrimas.

A Avó diz:

— Vão buscar a pá!

Estendemos um cobertor no fundo do buraco, colocamos nossa Mãe deitada em cima. A bebê continua apertada ao peito dela. Cobrimos com um outro cobertor, depois tapamos o buraco.

Quando nossa prima volta da cidade, ela pergunta:
— Aconteceu alguma coisa?
Nós dizemos:
— Sim, um obus fez um buraco no jardim.

A partida da nossa prima

Durante toda a noite ouvimos tiros, explosões. Ao amanhecer faz um silêncio repentino. Dormimos na cama grande do oficial. A cama dele virou a nossa cama, e o quarto dele, o nosso quarto.

De manhã vamos tomar nosso café da manhã na cozinha. A Avó está na frente do fogão. Nossa prima está dobrando os cobertores.

Ela diz:

— Não consegui dormir quase nada.

Nós dizemos:

— Vá dormir no jardim. Não tem mais barulho e está quente.

Ela pergunta:

— Vocês não ficaram com medo essa noite?

Encolhemos os ombros sem responder.

Batem na porta. Entra um homem em traje civil, seguido por dois soldados. Os soldados portam submetralhadoras e usam um uniforme que nós nunca vimos antes.

A Avó diz alguma coisa naquela língua que ela fala quando bebe aguardente. Os soldados respondem. A Avó se pendura no pescoço deles, beija um de cada vez e depois continua a conversar com eles.

O civil diz:

— Fala a língua deles, minha senhora?

A Avó responde:

— É a minha língua materna, meu senhor.

Nossa prima pergunta:

— Já estão aqui? Quando eles chegaram? A gente queria esperar por eles na Praça Grande com buquês de flores.

O civil pergunta:

— *A gente* quem, no caso?

— Os meus amigos e eu.

O civil sorri:

— Pois bem, agora já é tarde. Eles chegaram ontem à noite. E eu logo depois. Estou procurando uma garota.

Ele pronuncia um nome; nossa prima diz:

— Sim, sou eu. Onde estão os meus pais?

O civil diz:

— Não sei. Eu só fui encarregado de encontrar as crianças que estão na minha lista. Primeiro nós vamos para um centro de acolhimento na Cidade Grande. Depois nós vamos fazer buscas para encontrar os pais de vocês.

Nossa prima diz:

— Eu tenho um amigo aqui. Será que ele também está na sua lista?

Ela diz o nome do namorado dela. O civil consulta a lista:

— Sim. Ele já está no quartel-general do exército. Vocês vão viajar juntos. Vá arrumar suas coisas.

Nossa prima, muito contente, guarda seus vestidos e recolhe seus produtos de higiene pessoal numa toalha de banho.

O civil se volta para nós:

— E vocês? Como é que vocês se chamam?

A Avó diz:

— Eles são meus netos. Eles vão ficar aqui comigo.

Nós dizemos:

— Sim, nós vamos ficar aqui com a Avó.

O civil diz:

— Ainda assim eu gostaria de saber o sobrenome de vocês.

Nós dizemos. Ele olha nos papéis:

— Vocês não estão na minha lista. Pode ficar com eles, minha senhora.

A Avó diz:

— Mas é claro que eu posso ficar com eles!

Nossa prima diz:

— Estou pronta. Vamos.

O civil diz:

— Para que tanta pressa? Você podia ao menos agradecer a senhora e se despedir desses garotinhos.

Nossa prima diz:

— Garotinhos? Uns trastezinhos, isso sim.

Ela nos aperta com bastante força contra ela:

— Não vou beijar vocês, eu sei que vocês não gostam dessas coisas. Não sejam tão estúpidos, se cuidem.

Ela nos aperta ainda mais forte, ela chora. O civil a pega pelo braço e diz para a Avó:

— Sou muito grato, minha senhora, por tudo o que fez por essa criança.

Todos saímos. Em frente ao portão do jardim, há um jipe. Os dois soldados se acomodam na frente, o civil e nossa prima atrás. A Avó grita mais alguma coisa. Os soldados acham graça. O jipe arranca. Nossa prima não olha para trás.

A chegada dos novos estrangeiros

Depois da partida da nossa prima, vamos até a cidade para ver como estão as coisas.

Em cada esquina há um tanque. Na Praça Grande, caminhões, jipes, motos, sidecars e, por todos os lados, muitos militares. Na praça da feira, que não é asfaltada, estão montando tendas e instalando cozinhas ao ar livre.

Quando passamos perto deles, eles sorriem para nós, falam conosco, mas não entendemos o que eles dizem.

Tirando os militares, não tem ninguém pelas ruas. As portas das casas estão fechadas, as venezianas também, as persianas das lojas estão abaixadas.

Nós voltamos, dizemos para a Avó:

— Está tudo tranquilo na cidade.

Ela ri com sarcasmo:

— Por enquanto eles estão descansando, mas essa tarde vocês vão ver!

— O que vai acontecer, Avó?

— Eles vão fazer buscas. Vão entrar em todos os lugares e revistar. E vão pegar para eles tudo o que quiserem. Eu já vivi uma guerra, sei bem o que acontece. Nós não temos nada a temer. Não tem nada para levarem daqui e eu sei falar com eles.

— Mas o que eles estão procurando, Avó?

— Espiões, armas, munições, relógios, ouro, mulheres.

À tarde de fato os militares começam a revistar sistematicamente as casas. Se ninguém abre, eles dão uns tiros para o ar, depois arrombam a porta.

Muitas casas estão vazias. Os moradores foram embora em definitivo ou estão escondidos na floresta. Essas casas desabitadas são revistadas como as outras, assim como todas as lojas e todos os negócios.

Depois da passagem dos militares, são os ladrões que invadem as lojas e as casas abandonadas. Os ladrões são principalmente crianças e velhos, algumas mulheres também, aquelas que não têm medo de nada ou que são pobres.

Encontramos a Lábio Leporino. Ela está com os braços carregados de roupas e de calçados. Ela nos diz:

— Vão ligeiro enquanto ainda tem alguma coisa para pegar. É a terceira vez que eu estou fazendo compras.

Entramos na livraria, cuja porta foi arrombada. Ali tem só algumas crianças menores do que nós. Elas pegam caixas de lápis e giz de cera, borrachas, apontadores, mochilas.

Escolhemos calmamente aquilo de que precisamos: uma enciclopédia completa em vários volumes, lápis e papel.

Na rua um velho e uma velha estão brigando por um presunto defumado. Estão cercados por pessoas que riem e os incentivam. A mulher arranha o rosto do velho e por fim é ela quem fica com o presunto.

Os ladrões enchem a cara com álcool roubado, trocam socos, quebram as janelas das casas e as vitrines das lojas que eles pilharam, destroem as louças, jogam no chão os objetos que não precisam ou que não conseguem levar.

Os militares também bebem e vão de novo para as casas, mas dessa vez para procurar mulheres.

Por todos os lados ouvem-se tiros e gritos de mulheres sendo estupradas.

Na Praça Grande um soldado toca acordeom. Outros soldados cantam e dançam.

O incêndio

Faz vários dias que não vemos a vizinha no seu jardim. Não cruzamos mais com a Lábio Leporino. Vamos até lá conferir.

A porta do casebre está aberta. Entramos. As janelas são pequenas. Está escuro no cômodo, apesar do sol que brilha lá fora.

Quando nossos olhos se acostumam com a penumbra, conseguimos distinguir a vizinha, deitada em cima da mesa da cozinha. As pernas dela pendem, os braços estão cobrindo o rosto. Ela não se mexe.

A Lábio Leporino está deitada na cama. Está nua. Entre suas pernas afastadas há uma poça seca de sangue e esperma. Com os cílios colados para sempre, os lábios repuxados mostrando seus dentes pretos num sorriso eterno, Lábio Leporino está morta.

A vizinha diz:

— Vão embora daqui.

Nós chegamos mais perto dela, perguntamos:

— A senhora não é surda?

— Não. E também não sou cega. Vão embora daqui.

Nós dizemos:

— Queremos ajudar.

Ela diz:

— Eu não preciso de ajuda. Não preciso de nada. Vão embora daqui.

Nós perguntamos:

— O que aconteceu aqui?

— Isso que vocês estão vendo. Ela está morta, não está?

— Sim. Foram os novos estrangeiros?

— Sim. Foi ela que trouxe eles para cá. Ela foi até a estrada, fez sinal para que eles viessem. Eram uns doze ou quinze. E enquanto eles estavam montados nela, ela não parava de gritar: *Estou tão contente, estou tão contente! Venham todos, venham, mais um, e mais um!* Ela morreu feliz, fodida até a morte. Mas eu não estou morta! Eu fiquei aqui deitada, sem comer, sem beber, já nem sei quanto tempo faz isso. E a morte não vem. Quando a gente chama, ela nunca vem. Ela adora ficar nos torturando. Eu chamo faz vários anos e ela me ignora.

Nós perguntamos:

— A senhora deseja mesmo morrer?

— E o que mais eu poderia desejar? Se vocês quiserem fazer alguma coisa por mim, ateiem fogo na casa. Não quero que encontrem a gente desse jeito.

Nós dizemos:

— Mas a senhora vai sofrer terrivelmente.

— Não precisam se preocupar com isso. Ateiem fogo em tudo se vocês forem capazes.

— Sim, senhora, nós somos capazes. Pode contar com a gente.

Cortamos a garganta dela com uma navalhada, depois tiramos gasolina de um veículo do exército. Enxarcamos os dois corpos e as paredes do casebre com a gasolina. Ateamos fogo e voltamos para casa.

De manhã a Avó diz:

— A casa da vizinha pegou fogo. Elas ficaram lá, mãe e filha. A menina deve ter esquecido alguma coisa no fogo, doidinha como ela é.

Voltamos lá para pegar as galinhas e os coelhos, mas outros vizinhos já tinham feito isso durante a madrugada.

O fim da guerra

Por algumas semanas vemos desfilar diante da casa da Avó o exército vitorioso dos novos estrangeiros, que agora é chamado de exército dos Libertadores.

Os tanques, os canhões, os blindados, os caminhões atravessam a fronteira noite e dia. O front se afasta cada vez mais para o interior do país vizinho.

No sentido contrário chega um outro desfile: os prisioneiros de guerra, os vencidos. Entre eles, muitos homens do nosso país. Eles ainda estão de uniforme, mas não portam mais armas nem divisas. Andam a pé, de cabeça baixa, até a estação ferroviária, onde são embarcados em vagões. Para onde e por quanto tempo, ninguém sabe.

A Avó diz que eles estão sendo levados para bem longe, para um lugar frio e desabitado onde vão ser forçados a trabalhar tanto que nenhum deles vai conseguir voltar. Vão todos morrer de frio, de cansaço, de fome e de tudo quanto é tipo de doença.

Um mês depois que nosso país foi libertado, a guerra acaba em todos os lugares e os Libertadores se instalam no nosso país para sempre, dizem. Então nós pedimos para a Avó nos ensinar a língua deles. Ela diz:

— E como é que eu vou ensinar isso para vocês? Eu não sou professora.

Nós dizemos:

— É simples, Avó. A senhora só tem que falar com a gente nessa língua o dia inteiro e a gente vai acabar entendendo.

Em pouco tempo nós sabemos o suficiente para servir como intérpretes entre os habitantes e os Libertadores. Aproveitamos a oportunidade para fazer negócios com produtos que o exército possui em abundância: cigarros, tabaco, chocolate, que nós trocamos pelo que os civis possuem: vinho, aguardente, frutas.

O dinheiro não tem mais valor; todo mundo faz escambo.

As meninas dormem com os soldados em troca de meias de seda, de joias, de perfumes, de relógios e de outros objetos que os militares pegaram nas cidades por onde passaram.

A Avó não vai mais para a feira com o carrinho de mão. São as madames bem vestidas que vêm até a casa da Avó implorar para ela trocar um frango ou um salame por um anel ou um par de brincos.

São distribuídos bilhetes de racionamento. As pessoas formam fila na frente do açougue e da padaria desde as quatro horas da manhã. As demais lojas permanecem fechadas por falta de mercadorias.

Falta tudo para todo mundo.

Para a Avó e para nós não está faltando nada.

Mais tarde nós temos de novo um exército e um governo próprio, mas são os Libertadores que dirigem nosso exército e nosso governo. A bandeira deles tremula em todos os prédios públicos. A foto do líder deles está exposta por toda parte. Eles nos ensinam suas canções, suas danças, mostram os filmes deles nos nossos cinemas. Nas escolas a língua dos Libertadores é obrigatória, as outras línguas estrangeiras estão proibidas.

Contra os Libertadores, ou contra nosso novo governo, nenhuma crítica, nenhuma brincadeira é permitida. Com uma simples denúncia, qualquer um é mandado para a prisão, sem processo, sem julgamento. Homens e mulheres desaparecem sem que ninguém saiba por que e as famílias nunca mais terão notícias deles.

A fronteira é reconstruída. Ela agora é intransponível.

Nosso país está rodeado de arame farpado; nós estamos totalmente isolados do resto do mundo.

A escola recomeça

No outono todas as crianças voltam para a escola, menos nós.

Dizemos para a Avó:

— Avó, nós nunca mais vamos para a escola.

Ela diz:

— Assim espero. Eu preciso de vocês aqui. E o que mais vocês ainda teriam para aprender na escola?

— Nada, Avó, absolutamente nada.

Em pouco tempo recebemos uma carta. A Avó pergunta:

— O que está escrito?

— Está escrito que a senhora é responsável por nós e que nós devemos nos apresentar na escola.

A Avó diz:

— Queimem essa carta. Eu não sei ler e vocês também não. Ninguém leu essa carta.

Queimamos a carta. Em pouco tempo recebemos outra. Está escrito que se não formos para a escola, a Avó será punida pela lei. Queimamos essa carta também. Dizemos para a Avó:

— Avó, não esqueça que um de nós é cego e o outro é surdo.

Alguns dias depois um homem aparece na nossa casa. Ele diz:

— Eu sou o inspetor das escolas primárias. A senhora tem em casa duas crianças em idade escolar obrigatória. A senhora já recebeu duas notificações a respeito disso.

A Avó diz:

— O senhor está falando das cartas? Eu não sei ler. Os meninos também não.

Um de nós responde:

— Quem é? O que ele está dizendo?

— Ele está perguntando se sabemos ler. Como ele é?

— Ele é alto e parece bem malvado.

Nós gritamos juntos:

— Vá embora daqui! Não nos machuque! Não nos mate! Socorro!

Nós nos escondemos debaixo da mesa. O inspetor pergunta para a Avó:

— Qual é o problema deles? O que está acontecendo?

A Avó diz:

— Ah! Coitadinhos, eles têm medo de todo mundo! Eles passaram por coisas terríveis na Cidade Grande. Além disso, um é surdo e o outro é cego. O surdo precisa explicar para o cego o que ele vê, e o cego precisa explicar para o surdo o que ele ouve. Caso contrário, eles não entendem nada.

Embaixo da mesa, nós berramos:

— Socorro, socorro! Está explodindo! Faz muito barulho! Tem muitos relâmpagos!

A Avó explica:

— Quando eles ficam com medo de alguém, eles ouvem e veem coisas que não existem.

O inspetor diz:

— São alucinações. Eles deveriam ser tratados num hospital.

Nós berramos ainda mais alto.

A Avó diz:

— Isso é que não! Foi num hospital que a desgraça aconteceu. Eles tinham ido visitar a mãe deles, que trabalhava lá. Quando as bombas caíram sobre o hospital, eles estavam lá, eles viram os feridos e os mortos. Eles ficaram em coma por vários dias.

O inspetor diz:

— Pobres garotos. Onde estão os pais deles?

— Mortos ou desaparecidos. Como saber?

— Eles devem ser um fardo muito pesado para a senhora.

— Fazer o quê? Eles não têm ninguém além de mim.

Ao sair, o inspetor estende a mão para a Avó:

— A senhora é uma mulher de fibra.

Recebemos uma terceira carta dizendo que estamos dispensados de frequentar a escola por causa da nossa enfermidade e por causa do nosso trauma psicológico.

A Avó vende sua vinha

Um oficial vem até a casa da Avó para pedir que ela venda sua vinha. O exército quer construir um alojamento para os guardas de fronteira no terreno dela.

A Avó pergunta:

— E com o que vocês pretendem me pagar? O dinheiro não vale nada.

O oficial diz:

— Em troca do seu terreno nós instalamos água corrente e eletricidade na sua casa.

A Avó diz:

— Eu não preciso nem da eletricidade, nem da água corrente de vocês. Eu sempre vivi sem.

O oficial diz:

— Nós também podemos ficar com a vinha da senhora sem oferecer nada em troca. E é isso que nós vamos fazer se a senhora não aceitar a nossa proposta. O exército precisa do seu terreno. Seu dever de patriota é dar o que está sendo pedido.

A Avó abre a boca, mas nós intervimos:

— Avó, a senhora está velha e cansada. A vinha dá um trabalhão para a senhora e não traz quase nenhum lucro. Por outro lado, o valor da casa vai aumentar bastante tendo água e eletricidade.

O oficial diz:

— Seus netos são mais inteligentes que a senhora, Vovó.

A Avó diz:

— Isso o senhor pode ter certeza! Então discuta com eles. Eles que decidem.

O oficial diz:

— Mas eu vou precisar da sua assinatura.

— Eu assino tudo o que o senhor quiser. Até porque eu não sei escrever.

A Avó começa a chorar, ela levanta e nos diz:

— Confio em vocês.

Ela vai para a vinha.

O oficial diz:

— Como ela gosta da vinha, pobre velhinha. Então negócio fechado?

Nós dizemos:

— Como o senhor mesmo pôde constatar, esse terreno tem um grande valor sentimental para ela, e o exército certamente não vai querer tirar os bens adquiridos a duras penas por uma pobre velhinha que além disso é oriunda do país dos nossos heroicos Libertadores.

O oficial diz:

— Ah, é? Ela é de origem...

— Sim. Ela fala a língua deles perfeitamente. E nós também. E se o senhor tem a intenção de cometer algum abuso...

O oficial diz rapidamente:

— Não, claro que não! O que é que vocês querem?

— Além de água e eletricidade, nós queremos um banheiro.

— Só isso? E onde vocês vão querer esse banheiro?

Nós o conduzimos até nosso quarto, indicamos onde vamos querer o banheiro.

— Aqui, dando para o nosso quarto. Sete a oito metros quadrados. Banheira embutida, pia, chuveiro, aquecedor de água, vaso sanitário.

Ele fica olhando longamente para nós, depois diz:

— Dá para fazer.

Nós dizemos:

— Também queríamos um aparelho de rádio. A gente não tem e é impossível comprar um.

Ele pergunta:

— E isso é tudo?

— Sim, isso é tudo.

Ele cai na gargalhada:

— Vocês vão ter o banheiro e o rádio de vocês. Mas era melhor eu ter discutido com a avó de vocês.

A doença da Avó

Certa manhã a Avó não sai do quarto dela. Batemos na porta, gritamos para ela, ela não responde.

Vamos para os fundos da casa, quebramos um vidro da janela do quarto para podermos entrar.

A Avó está deitada na cama, ela não se mexe. No entanto ela está respirando e seu coração bate. Um de nós fica perto dela, o outro vai procurar um médico.

O médico examina a Avó. Ele diz:

— A Avó de vocês teve um ataque de apoplexia, uma hemorragia cerebral.

— Ela vai morrer?

— Não tem como saber. Ela é idosa, mas o coração está forte. Deem esses remédios para ela três vezes ao dia. E também seria importante ter alguém para cuidar dela.

Nós dizemos:

— Nós vamos cuidar dela. O que a gente tem que fazer?

— Dar de comer, lavá-la. Ela provavelmente vai ficar paralisada para sempre.

O médico vai embora. Nós preparamos um purê de legumes e damos de comer com uma colherinha. No cair da noite o quarto está cheirando muito mal. Levantamos os cobertores: o colchão de palha está cheio de excrementos.

Vamos buscar palha com um camponês, compramos uma calçola de borracha para bebê e fraldas de pano.

Tiramos a roupa da Avó, damos um banho nela na nossa banheira, preparamos uma cama limpa. Ela está tão magra que a calçola de bebê cabe direitinho. Trocamos a fralda dela diversas vezes ao dia.

Uma semana depois a Avó começa a mexer as mãos. Certa manhã ela nos recebe com insultos:

— Filhos de uma cadela! Botem uma galinha para cozinhar! Como é que vocês querem que eu recupere as forças com essas verduras e esses purês de vocês? E também quero leite de cabra! Espero que vocês não tenham descuidado de nada enquanto eu estava doente!

— Não, Avó, não descuidamos de nada.

— Me ajudem a levantar, seus inúteis!

— Avó, a senhora tem que ficar na cama, foi o médico que disse.

— O médico, o médico! Aquele imbecil! Paralisada para sempre! Eu vou mostrar para ele como eu fico paralisada!

Nós ajudamos ela a levantar, acompanhamos até a cozinha, colocamos sentada no banco. Quando a galinha está cozida, ela come sozinha. Depois da refeição ela diz:

— O que vocês estão esperando? Façam uma bengala bem firme para mim, e ligeiro, seus molengas, que eu quero ir ver se está tudo certo.

Vamos correndo até a floresta, encontramos um galho adequado e, diante do olhar dela, talhamos uma bengala sob medida para a Avó. Ela segura com firmeza e nos faz uma ameaça:

— E ai de vocês se não estiver tudo em ordem!

Ela vai até o jardim. Nós seguimos de longe. Ela entra na latrina, nós ouvimos ela resmungar:

— Uma calçola! Que ideia de jerico! Eles são completamente doidos!

Quando ela volta para a casa, nós vamos ver a latrina. Ela jogou a calçola e as fraldas no buraco.

O tesouro da Avó

Certa noite a Avó diz:
— Fechem bem todas as portas e todas as janelas. Eu quero falar com vocês e não quero que ninguém nos ouça.
— Ninguém passa por aqui, Avó.
— Os guardas de fronteira caminham por toda parte, vocês sabem muito bem. E não fazem nenhuma cerimônia para ficar escutando atrás das portas. Tragam também uma folha de papel e um lápis.
Nós perguntamos:
— A senhora quer escrever, Avó?
Ela grita:
— Obedeçam! Não fiquem fazendo perguntas!
Fechamos as janelas e as portas, trazemos o papel e o lápis. A Avó, sentada na outra ponta da mesa, desenha alguma coisa na folha. Ela diz, sussurrando:
— É aqui que está o meu tesouro.
Ela nos entrega a folha. Ela desenhou um retângulo, uma cruz e, embaixo da cruz, um círculo. A Avó pergunta:
— Vocês entenderam?
— Sim, Avó, nós entendemos. Mas nós já sabíamos.
— Como é? Vocês já sabiam o quê?
Nós respondemos, sussurrando:

— Que o tesouro da senhora está embaixo da cruz do túmulo do Avô.

A Avó fica um momento calada, depois ela diz:

— Eu devia ter imaginado. Faz muito tempo que vocês sabem?

— Faz um bocado de tempo, Avó. Desde que nós vimos a senhora cuidando do túmulo do Avô.

A Avó respira bem fundo.

— Nem vale a pena me irritar. Até porque é tudo para vocês mesmo. Agora vocês já são bem inteligentes para saber o que fazer com isso.

Nós dizemos:

— Por enquanto não dá para fazer muita coisa.

A Avó diz:

— Não dá. Vocês têm razão. Vocês vão ter que esperar. Vocês vão saber esperar?

— Sim, Avó.

Ficamos todos calados por um momento, então a Avó diz:

— Ainda não acabou. Quando eu tiver outro ataque, fiquem sabendo que não quero banho, nem essas calçolas e essas fraldas de vocês.

Ela levanta, vasculha a prateleira, entre os potes. Volta com uma garrafinha azul:

— Em vez dessas porcarias de remédios, vocês vão despejar o conteúdo dessa garrafa na minha primeira xícara de leite.

Não respondemos. Ela grita:

— Entenderam, seus filhos de uma cadela?

Não respondemos. Ela diz:

— Será que vocês estão com medo da autópsia, seus pivetinhos? Não vai ter autópsia. Ninguém vai ficar procurando chifre em cabeça de cavalo quando uma velha morre depois de um segundo ataque.

Nós dizemos:

— Nós não estamos com medo da autópsia, Avó. Só achamos que a senhora pode se recuperar mais uma vez.

— Não. Eu não vou me recuperar. Eu sei disso. Então vamos ter que acabar com isso o mais rápido possível.

Não dizemos nada, a Avó começa a chorar:

— Vocês não fazem ideia do que é estar paralisada. Ver tudo, ouvir tudo e não conseguir se mexer. Se vocês não são capazes nem de me fazer esse favorzinho, vocês são uns ingratos, umas serpentes que eu alimentei no meu seio.

Nós dizemos:

— Pare de chorar, Avó. A gente faz. Se a senhora realmente quer isso, a gente faz.

Nosso Pai

Quando nosso Pai chega, nós três estamos trabalhando na cozinha, porque chove lá fora.

O Pai para diante da porta, com os braços cruzados, as pernas afastadas. Ele pergunta:

— Onde está a minha mulher?

A Avó ri com escárnio:

— Veja só! Ela realmente tinha um marido.

O Pai diz:

— Sim, eu sou o marido da sua filha. E esses são os meus filhos.

Ele olha para nós, ele continua:

— Vocês cresceram bastante. Mas vocês não mudaram.

A Avó diz:

— A minha filha, sua mulher, confiou os meninos a mim.

O Pai diz:

— Seria melhor se tivesse confiado a outra pessoa. Onde ela está? Me disseram que ela foi para o estrangeiro. É verdade?

A Avó diz:

— Isso é coisa antiga. Onde o senhor esteve até agora?

O Pai diz:

— Fui feito prisioneiro de guerra. E agora eu quero encontrar a minha mulher. Nem pense em esconder de mim o que quer que seja, sua velha bruxa.

A Avó diz:

— Aprecio muito o seu jeito de me agradecer pelo que eu fiz pelos seus filhos.

O Pai grita:

— Estou pouco me lixando. Onde está a minha mulher?

A Avó diz:

— Está pouco se lixando? Para os seus filhos e para mim? Pois bem, eu vou mostrar para o senhor onde a sua mulher está!

A Avó sai para o jardim, nós a seguimos. Com a bengala, ela mostra o quadrado de flores que nós plantamos sobre o túmulo da nossa Mãe:

— Pronto! Aqui está a sua mulher. Debaixo da terra.

O Pai pergunta:

— Morta? De quê? Quando?

— Morta. Por um obus. Alguns dias antes do fim da guerra.

O Pai diz:

— É proibido enterrar pessoas em qualquer lugar.

A Avó diz:

— Enterramos onde ela morreu. E não é qualquer lugar. É o meu jardim. Também era o jardim dela quando ela era pequena.

O Pai fica olhando para as flores molhadas, ele diz:

— Quero ver.

A Avó diz:

— Não devia. Não se deve perturbar os mortos.
O Pai diz:
— De todo modo ela tem que ser enterrada num cemitério. É a lei. Me tragam uma pá.
A Avó encolhe os ombros:
— Tragam uma pá para ele.
Sob a chuva, observamos o Pai destruir o nosso jardinzinho de flores. Observamos ele cavar. Ele chega nos cobertores, os afasta. Um esqueleto grande está deitado ali, com um esqueletinho pequeno colado ao peito.
O Pai pergunta:
— Que coisa é essa em cima dela?
Nós dizemos:
— É uma bebê. Nossa irmãzinha.
A Avó diz:
— Eu bem que avisei para deixar os mortos em paz. Venha se lavar na cozinha.
O Pai não responde. Ele fica olhando os esqueletos. Seu rosto está molhado de suor, de lágrimas e de chuva. Ele sai com dificuldade do buraco e vai embora sem se virar, as mãos e as roupas cobertas de lama.
Nós perguntamos para a Avó:
— E agora o que a gente faz?
Ela diz:
— Temos que fechar o buraco. O que mais a gente poderia fazer?
Nós dizemos:
— Vá se esquentar, Avó. Nós cuidamos disso.
Ela entra na casa.

Com um cobertor, transportamos os esqueletos até o sótão, colocamos os ossos em cima da palha para deixá-los secar. Então descemos e tapamos o buraco onde não há mais ninguém.

Depois, por meses a fio, nós polimos, nós envernizamos o crânio e os ossos da nossa Mãe e da bebê, depois reconstituímos cuidadosamente os esqueletos unindo cada osso com fiozinhos finos de ferro. Quando nosso trabalho está terminado, nós suspendemos o esqueleto da nossa Mãe numa viga do sótão e penduramos o esqueleto da bebê no pescoço dela.

Nosso Pai volta

Só voltamos a ver nosso Pai muitos anos depois.

Nesse meio-tempo a Avó teve outro ataque e nós a ajudamos a morrer do jeito que ela havia pedido. Agora ela está enterrada no mesmo túmulo que o Avô. Antes de abrirmos o túmulo, resgatamos o tesouro e escondemos embaixo do banco em frente à nossa janela, onde ainda estão o fuzil, os cartuchos e as granadas.

O Pai chega uma noite, ele pergunta:

— Onde está a Avó de vocês?

— Ela morreu.

— E vocês vivem sozinhos? Como vocês estão se virando?

— Muito bem, Pai.

Ele diz:

— Eu vim até aqui me escondendo. Preciso da ajuda de vocês.

Nós dizemos:

— O senhor ficou anos sem dar notícias.

Ele nos mostra as mãos. Ele não tem mais unhas. Elas foram arrancadas na raiz.

— Estou saindo da cadeia. Fui torturado.

— Por quê?

— Não sei. Por nada. Eu sou um indivíduo politicamente suspeito. Não posso exercer a minha profissão.

Sou constantemente vigiado. O meu apartamento é revistado com frequência. É impossível para mim viver mais tempo neste país.

Nós dizemos:

— O senhor quer atravessar a fronteira.

Ele diz:

— Sim. Vocês vivem aqui, vocês devem conhecer, saber...

— Sim, nós conhecemos, nós sabemos. A fronteira é intransponível.

O Pai abaixa a cabeça, contempla as mãos por um momento, depois diz:

— Tem que ter alguma brecha. Tem que ter algum jeito de passar.

— Colocando a sua vida em risco, sim.

— Eu prefiro morrer do que continuar aqui.

— É preciso que o senhor decida com conhecimento de causa, Pai.

Ele diz:

— Podem falar.

Nós explicamos:

— A primeira dificuldade é conseguir chegar até os primeiros arames farpados sem encontrar uma patrulha, sem ser visto de uma torre de observação. Dá para fazer. Nós sabemos os horários das patrulhas e a localização das torres de observação. A cerca tem um metro e cinquenta de altura e um metro de largura. São necessárias duas tábuas. Uma para escalar a cerca, outra para colocar em cima dela, para conseguir ficar de pé. Se o senhor perder o equilíbrio, vai cair no meio dos fios e não vai mais conseguir sair.

O Pai diz:

— Não vou perder o equilíbrio.

Nós continuamos:

— Vai ser necessário pegar de volta as duas tábuas para passar desse mesmo jeito pela outra cerca, que fica sete metros mais adiante.

O Pai ri:

— É como tirar doce de criança.

— Sim, mas o espaço entre as duas cercas está minado.

O Pai empalidece:

— Então é impossível.

— Não. É questão de sorte. As minas estão dispostas em ziguezague, em w. Seguindo em linha reta, o risco é pisar só em uma mina. Dando passadas largas, tem mais ou menos uma chance em sete de evitar que isso aconteça.

O Pai fica um momento refletindo e depois diz:

— Eu aceito o risco.

Nós dizemos:

— Nesse caso teremos muito prazer em ajudar. Nós vamos acompanhar o senhor até a primeira cerca.

O Pai diz:

— Combinado. Agradeço muito. E por acaso vocês não teriam alguma coisa para comer?

Servimos pão com queijo de cabra para ele. Também oferecemos vinho proveniente da antiga vinha da Avó. Pingamos no copo dele umas gotas do sonífero que a Avó sabia preparar muito bem com algumas plantas.

Conduzimos nosso Pai até nosso quarto, dizemos:
— Boa noite, Pai. Durma bem. A gente acorda o senhor amanhã.

Vamos nos deitar no banco de canto da cozinha.

A separação

Na manhã seguinte levantamos bem cedo. Nos certificamos de que nosso Pai está dormindo profundamente.

Preparamos quatro tábuas.

Desenterramos o tesouro da Avó: moedas de ouro e de prata, muitas joias. Colocamos a maior parte num saco de lona. Pegamos também uma granada para cada um, para o caso de sermos surpreendidos por uma patrulha. Acabando com ela, podemos ganhar tempo.

Fazemos uma volta de reconhecimento perto da fronteira para identificar o melhor lugar: um ponto cego entre duas torres de observação. Ali, ao pé de uma árvore grande, nós camuflamos o saco de lona e duas tábuas.

Voltamos para casa, comemos. Mais tarde levamos o café da manhã para nosso Pai. Precisamos sacudi-lo para que ele acorde. Ele esfrega os olhos e diz:

— Fazia um bocado de tempo que eu não dormia tão bem.

Colocamos a bandeja no colo dele. Ele diz:

— Mas que banquete! Leite, café, ovos, presunto, manteiga, geleia! É impossível achar essas coisas na Cidade Grande. Como vocês conseguem?

— Trabalhando. Coma, Pai. Nós não vamos ter tempo de oferecer outra refeição antes da sua partida.

Ele pergunta:
— É para esta noite?
Nós dizemos:
— É para daqui a pouco. Assim que o senhor estiver pronto.
Ele diz:
— Vocês estão loucos? Eu me nego a passar essa fronteira de merda em plena luz do dia! Vamos ser vistos.
Nós dizemos:
— Nós também precisamos ver, Pai. Só pessoas muito burras tentam passar a fronteira à noite. À noite a frequência das patrulhas é multiplicada por quatro e a zona é continuamente varrida pelos holofotes. Por outro lado a vigilância afrouxa por volta das onze da manhã. Os guardas de fronteira acham que ninguém é louco o bastante para tentar passar numa hora dessas.
O Pai diz:
— Vocês têm toda razão. Confio em vocês.
Nós perguntamos:
— O senhor permite que a gente reviste os seus bolsos enquanto está comendo?
— Os meus bolsos? Por quê?
— Tem que ser impossível do senhor ser identificado. Se acontecer alguma coisa e souberem que o senhor é nosso pai, seríamos acusados de cumplicidade.
O Pai diz:
— Vocês pensam em tudo.
Nós dizemos:
— Somos obrigados a pensar na nossa segurança.

Revistamos as roupas dele. Pegamos os documentos, a carteira de identidade, a caderneta de endereços, uma passagem de trem, faturas e uma foto da nossa Mãe. Queimamos tudo no fogão da cozinha, menos a foto.

Às onze horas partimos. Cada um de nós leva uma tábua.

Nosso Pai não leva nada. Pedimos apenas que ele nos siga fazendo o mínimo de barulho possível.

Chegamos perto da fronteira. Dizemos para nosso Pai deitar atrás da árvore grande e não se mexer mais.

Em seguida, a poucos metros de nós, passa uma patrulha de dois homens. Nós os ouvimos conversar:

— Quero saber o que vai ter para comer.

— A mesma merda de sempre.

— Tem merdas e merdas. Ontem estava nojento, mas às vezes está bom.

— Bom? Você não diria isso se já tivesse comido a sopa da minha mãe.

— Eu nunca comi a sopa da sua mãe. Mãe, aliás, eu nunca tive. Nunca comi nada além de merda. No exército, pelo menos, eu como bem de vez em quando.

A patrulha se afasta. Nós dizemos:

— Vá em frente, Pai. Temos vinte minutos antes da próxima patrulha chegar.

O Pai segura as duas tábuas embaixo dos braços, avança, escora uma das tábuas contra a cerca, escala. Nós deitamos de barriga para baixo atrás da árvore grande, tapamos os ouvidos com as mãos, abrimos a boca.

Há uma explosão.

Corremos até os arames farpados com as outras duas tábuas e o saco de lona.

Nosso Pai está deitado perto da segunda cerca.

Sim, existe um modo de atravessar a fronteira: colocando alguém para passar antes de você.

Levando o saco de lona, caminhando sobre as pegadas, depois sobre o corpo inerte do nosso Pai, um de nós parte para o outro país.

O que fica volta para a casa da Avó.

AMBASSADE DE FRANCE AU BRÉSIL
Liberté
Égalité
Fraternité

Cet ouvrage, publié dans le cadre du Programme d'Aide à la Publication année 2024 Carlos Drummond de Andrade de l'Ambassade de France au Brésil, bénéficie du soutien du Ministère de l'Europe et des Affaires étrangères.

Este livro, publicado no âmbito do Programa de Apoio à Publicação ano 2024 Carlos Drummond de Andrade da Embaixada da França no Brasil, contou com o apoio do Ministério francês da Europa e das Relações Exteriores.

© Éditions du Seuil, 1986
Título original: *Le Grand Cahier*

CONSELHO EDITORIAL
Eduardo Krause, Gustavo Faraon, Nicolle Garcia Ortiz, Rodrigo Rosp e Samla Borges
PREPARAÇÃO
Antonio R. M. Silva e Samla Borges
REVISÃO
Evelyn Sartori e Rodrigo Rosp
CAPA E PROJETO GRÁFICO
Luísa Zardo

DADOS INTERNACIONAIS DE CATALOGAÇÃO NA PUBLICAÇÃO (CIP)

K92g Kristóf, Ágota.
O Grande Caderno / Ágota Kristóf ; trad. Diego Grando. — Porto Alegre : Dublinense, 2024.
192 p. ; 19 cm.

ISBN: 978-65-5553-147-3

1. Literatura húngara. 2. Romance húngaro. I. Grando, Diego. II. Título.

CDD 894.5113 • CDU 894.511-31

Catalogação na fonte:
Eunice Passos Flores Schwaste (CRB 10/2276)

Todos os direitos desta edição reservados à Editora Dublinense Ltda.
Porto Alegre • RS
contato@dublinense.com.br

Descubra a sua próxima
leitura na nossa loja online

dublinense .COM.BR

Composto em MINION PRO e impresso na IPSIS,
em AVENA 70g/m² , na PRIMAVERA de 2024.